藥草飄香看星星

是風不是你 著

【各界好評推薦】

兩岸愛情與中藥間的關聯——長期在兩岸居住的作者，用她獨特的視角寫下了《藥草飄香看星星》。本書關注兩地不同的景物風貌、人文思想，且帶入她擅長處理的愛情觀點對情愛做了新的詮釋。

「是風不是你」的小說揉捻了「亦舒」的文筆與「李碧華」般的曲折故事，令人閱讀小說當下既感順暢卻又被人物身處的事件而煎熬，正當順心的往下閱讀時，卻天外來了一筆，看得人心神跌宕、情緒緊張，為了得知最後的結局，恨不得立即閱讀完整本故事。

讀這本書，等同於跟作者拼鬥智力，不翻閱至最後，永遠都被作者翻轉故事的功力給擊敗。而故事給了讀者溫暖的情感，卻也充滿了中藥學常識於書中，足有寓教於樂之趣。

能跟作者鬥智，真是太過癮了。

——亞斯莫（奇幻、推理小說作家＋微電影拍攝＋廣播節目主持人）

看到「是風不是你」這部小說的簡介時，令我雙睛為之一亮，拐賣與中藥，台灣都市嬌嬌女與避居山林的傻大個，多麼新穎的題材！

於是在一日午後，與茶香相伴的我，就這麼一章一章地讀了下去。初看藥草飄香看星星，我們或許會以為這是一部著重於風花雪月的愛情小說，但當我靜心閱讀後，我覺得這是一部現實題材。作家不僅為我們介紹各種草藥的功效，還反映中國大陸過度城市集中化，使得偏遠地區人口嚴重流失，更因「一胎化政策」，令許多青年——尤其偏鄉地區——面臨討不到老婆的困境，而採取較不文明的拐賣手段。即使時代進步，延續香火的思想仍在封閉的大山深處盛行。

男女主角的相遇，其實可說是兩種觀念的碰撞，有溫馨，有矛盾，因為接地氣，所以扣人心弦。

祝《藥草飄香看星星》大賣。

——納蘭採桑（兩岸青年網路文學大賽首居首獎得主）

我是一個來自香港的作者，與是風不是你在一個台灣網上文字平台認識，我們素未謀面，卻被她的故事深深吸引。在我看來，寫小說最厲害的不是引經據典，也不是運用高深詞彙，而是能夠讓讀者在閱讀故事期間，逐步逐步走進故事描繪的世界，跟着主角的角度及處境去慢慢探究，與劇情一起推進。當主角受到攻擊，會感受到那種緊張；當主角突破困局，自己能會心微笑。是風不是你的《藥草飄香看星星》就有這種令讀者完全投入的能力。

這故事我看完超過兩年，至今仍然記憶猶新，大概這就印證了作者創作小說的功架及超凡的說故事技巧。當她邀請我寫推薦序時，我就回憶起故事女主角那種飽歷風霜，嚐盡人生甜酸苦辣的種種經歷。小說描繪每個細節都淋漓盡致，每個角色都有血有肉，會讓人閱讀完畢後，不知不覺沉醉在那個山區，那間小屋的屋頂，想與最喜歡的人，一起抬頭看星空。

——藍兼併（香港知名作家）

目　次
CONTENTS

第一章　獨自出遊

話說貴州生產的茅臺酒聞名全世界，還被大陸的許多民眾尊稱為「國酒」，而這個源自南越獻給漢武帝的「貢酒」，在歷經兩千多年的淬鍊之後，已成為許多公司行號、親戚往來，競相贈送的高級禮品。

五年前，在臺灣專門經營進口酒類的高氏企業董事長高振寰，帶著女兒高小琪，特別從臺北飛到貴州，就是應邀參加茅臺酒廠舉辦的「兩岸和平紀念酒招待會」。

雖然，招待會上的高官及眾商雲集，穿著得體的帥哥、美女，更是看得令人目不暇給，但對這種商業往來模式不感興趣的高小琪而言，簡直度日如年。

「好煩啊！陸大哥，酒會到底要進行到什麼時候才會結束？」

高小琪不斷跟身邊那個戴著黑框眼鏡，長相斯文的年輕男人嘟囔著，她實在受不了這種滿口生意經的場合。

「就知道妳會不耐煩。」回答的男人名叫陸雄，輕笑的他搖了搖頭，拿了杯味道較為香甜的雞尾酒，遞給這位尊貴的大小姐，「董事長早有交代，等十點過後，就可以送妳回飯店了。」

陸雄是高氏企業在大陸分公司的員工，打從高校畢業後，就一直在高氏企業工作，至今都有十年了。三十歲出頭的陸雄是個擅長交際，性格穩重又可靠的人，深得高振寰的信任，也是高振寰身邊的特別助理。

瞭解這位大小姐個性的他，早向高振寰報備要提早送高小琪回飯店，所以，當高小琪聽陸雄這麼一說後，開心的露齒一笑。

高小琪在心底暗自慶幸，還有陸雄可以陪她打發時間，否則，被那些官商團熱情簇擁到脫不開身的高振寰，哪還有時間管她這個女兒呢？

好不容易熬過百般無趣的一晚，回到飯店的高小琪，堅持不再參加這種浪費青春的商賈聚會，於是在她的軟磨硬泡下，高振寰終於同意放女兒外出透透風。

貴州的高原和山地多，即使在最熱的七月天，平均高溫也不會超過攝氏三十度，和悶熱又潮溼的臺北比起來，涼風送爽的天氣更合適出遊。

貴州因為地處雲貴高原，自然形成的山川河流、溶洞和瀑布也非常多，而最有名的當屬號稱全亞洲第一大瀑布——黃果樹瀑布。

黃果樹瀑布位於貴州的安順市，距離茅臺酒廠的仁懷市並不遠，雖然，高小琪很想冒險當一次自由行的背包客，無奈高振寰考慮到女兒人生地不熟的，光通車就要花費不少時間，堅持找了個當地的開車師傅載她去。

陸雄本來也想陪著高小琪，因為他從小在內地長大，較為了解內地人的風俗和習慣，甚至還可帶著高小琪，去看看不同於觀光客的文化風景。可惜，高振寰跟他還有重要的會議要出席，只好忍痛放棄。

「記得不要隨便與陌生人搭話，就算對方自稱是公安，也不要隨便相信。路線要跟著導航走，萬一迷路就打微信跟我確認，如果有人問妳打哪兒來的，就說是福建廈門，懂不？」觀光區即便人多，但有心人還是會找單身女孩兒下手，因此陸雄再三交代。

「知道啦！我又不是三歲小孩。況且，我只是在瀑布周圍隨意走走，享受一下大自然的芬多精，不會跑很遠的。」難得獨自出遊的高小琪，不喜歡給人當小孩子看待，即便，她很清楚這是陸雄的好意提醒。

「到了目的地記得給我發訊息，就算在開會中，我也會回妳的。」陸雄知道高小琪怕晒，還特地買了頂遮陽帽給她。

「沒問題。」再次檢查背包裡的隨身物品，拿著遮陽帽的高小琪坐進車裡，搖下車窗對陸雄開心的猛揮手。

「祝妳玩的愉快！」雖然很不放心，但陸雄也明白高小琪已經不是孩子，是到了該放手的時候。只是，他總覺得心裡不踏實，像有什麼事要發生似的。

遙望已經遠去的車影，丟掉雜念的陸雄轉身，快步走進飯店。因為今天的會議很重要，他得先把資料準備齊全，先跟董事長沙盤推演一遍才好。

素聞貴州「地無三里平」，但前往瀑布的道路，在近幾年政府努力的開發規劃下，已不復見。只是越往偏鄉處走，窄小的山路依舊崎嶇難行，連續的左彎右拐，讓容易暈車的高小琪開始感到噁心、難受。

都怪早上出門時太興奮了，忘了吃暈車藥，高小琪為了保留體力，只好捨棄窗外的秀麗風光，強迫自己瞇起眼小睡一下，好抑止頭暈、想吐的衝動。

車子來到瀑布的下游白水河，往來的旅遊車輛卻越來越多，山路本就難走，臨時被派出公差的年輕師傅，還得趕在中午去學校給孩子送便當，於是不斷的逆向超車，想儘早將高小琪載往目的地。

誰知一個大轉彎，本以為沒來車的對向車道，卻突然出現一輛載滿遊客的大巴。反應不及的師傅急按喇叭，並用力踩下煞車，可惜兩輛車的速度都太快，就這麼硬生生的迎面撞上。

高小琪坐的車子不堪如此激烈的撞擊，還在後座小睡的她，只聽到師傅一聲大喊後，當場連人帶車滾下山谷。

第二章　禍不單行

「他奶奶的！哪兒弄來這麼標緻的娘兒們？」一個滿口黃牙、衣著破舊的粗漢子才一進門，就看到一個渾身溼答答的小姑娘，躺在他家的椅子上，不禁瞪著一對牛眼，問向旁邊的男人。

那小姑娘長長的黑色頭髮不僅滴著水，還沾了些水草和泥石，紅潤的雙脣在白淨的臉上微微啟開，又濃又密的睫毛，還時不時的一顫一顫的，顯得特別誘人。

她身上溼透的薄襯衫劃破了幾個口子，並緊緊貼在婀娜細緻的身材上，臂膀有些擦傷，可雪白頸子下的滑嫩肌膚若隱若現，更加吸引那個粗漢子的目光。

常年住在村子裡的痴漢，哪裡見過這麼漂亮的姑娘，兩眼發直的他嚥了嚥口沫，右手不自覺的，在脫了線的褲襠上抓了又抓。

「在河邊撿到的。」穿著深藍色衣褲的青年男子回道：「剛才還聽見村長在吆喝著大伙兒救人，八成又撞車了。」

「嘿嘿，撞得好！」大漢兩手一拍，高興得大喊。

以往只要白水河岸發生事故，就經常有遊客的行李、錢包滾落河谷，大漢對這種天上掉下來的餡餅有多少撿多少，沒料想，今兒個連仙女都有得撿了。

「噓……小聲點兒，別把人給吵醒了。」名叫小山的青年男子推開大漢，轉身走進屋裡拿了件破被子，將女孩溼透的上身裹了起來。

「俺……俺說小山你，你那個……咱們的婆娘都跑了幾年了，這個能不能留……留下來，侍候侍候咱們哥兒倆？」飢渴許久的大漢見小山從頭到腳，把小姑娘包得像顆粽子，口水不禁流得慌。

「不能。」板起臉的小山，揮開大漢伸來的鹹豬手，難得嚴肅的說：「這丫頭一瞧就是大戶人家的女兒，細皮嫩肉的也幹不了什麼粗活兒，咱們要是把她給睡了，包準她整天給你又哭、又鬧、又上吊。咱們哥兒倆侍候不起這種婆娘，得另作打算。」

「另作打算？」大漢不懂了，吸了吸口水的他問道：「這白撿來的婆娘不能要，難道要……要送給別人？」

「哼！天下哪有白吃的午餐，送的又怎麼有花大錢買的寶貝？我前幾天聽人說，山裡缺媳婦兒缺得緊，難得這麼好的娘兒們，山裡的大戶肯定各個搶破頭的要，到時賣了錢，咱們就能過上好日子了。」

一臉興奮的小山扶起女孩的上身，撩起自己的上衣，將她的臉摁在自己的肚皮上，用那薄得幾乎穿透的上衣，試著搓乾女孩的頭髮。既然要賣好價錢，讓她傷風感冒可就不好了。

「可……可公安最近抓得緊，這萬一……」

大漢和小山以前也幹過拐賣少女的勾當，可是到城裡吃的、住的、花的都是錢，拐來的丫頭不是太笨就是長得醜，賣在賣不了什麼好價錢。再加上，這幾年公安查人口販賣查得凶，幾番折騰下來，哥兒倆只能選擇回家繼續下地幹活兒。

但是，貴州的土地實在太貧瘠，莊稼收成本來就不好，除了糊口外，根本賣不了什麼錢。尤其，全球暖化造成的氣候變遷，不是乾旱就是暴雨，讓他們的生活更是雪上加霜。

幸好，老家還有間破屋子可供哥兒倆遮風擋雨，不至於餐風露宿。

「沒有萬一！」喘著氣的小山斬釘截鐵的說道：「咱倆待會兒就上山，趁她還昏迷不醒的時候趕緊給賣了，神不知、鬼不覺。」

話雖如此，但是到嘴的肥肉不能吃，還是令多年沒碰過女人的大漢垂涎。精蟲上腦的他，一屁股坐在那張黑到發亮的竹椅上，伸手隔著女孩的牛仔褲，摸著她修長的小腿肚。

「那個……小山，要不，咱們先睡了她，搞不好山裡的那群傻瓜，還得替咱們養兒子呢，你說是不是？」咧嘴憨笑的大漢搓了搓手掌，一副機關算盡的樣子。

嘆了口氣的小山放下女孩，用那對狹長的單鳳眼，鄙夷的瞧了瞧，他身邊的這個傻大個兒。

說他笨其實也不笨，至少電視裡演的劇情他都記下了，可惜，戲是演給傻子看的，傻子並不會因為看多了電視劇，就變聰明。

識實務的小山，拍了拍大漢粗壯的臂膀，安慰他說：「耗子，等咱們有了錢，不是親兒子的都會上趕著叫你爹，你就留著點兒力氣，等著當現成的吧！」

☆☆

當高小琪再次醒來的時候，外頭的天色已經擦黑，後頸有些疼痛的她，不自覺的起床伸手按了按，這才發現，她平時睡的那張軟綿綿的床鋪，怎麼忽然變得硬邦邦了？
想起撞車前一刻的她，猛地睜眼一看，瞬間被眼前的陌生，給嚇得失聲驚叫。
「啊——」
「啊——」
「你，你是誰？」
「妳是誰？」
「我……我是……關你什麼事？」
「關妳什麼事？嘻嘻！」
坐在高小琪旁邊，正與她面對面的，是個瘦瘦高高、斯斯文文，長得白白淨淨、眉清目秀的男孩子。
不！正確來說，是一個與她年紀差不多的大男孩。
剛醒來，頭還有些發暈的高小琪，想起撞車滾下山的那一刻，被破碎的擋風玻璃，割得滿臉是血的開車師傅，還不忘向後朝她大喊：「抱住頭！」
幸好，長期搭飛機訓練出來的反射動作，讓高小琪迅速的用雙手護住頭部，這才沒有受重傷。再加上她穿著薄外套，所以只有防爆車窗的一些碎玻璃，劃破了她的手臂，而沒有傷及其他要害。
車子沒有爆炸起火，也沒有被掉落的樹枝或石頭給壓扁，名牌車果然安全有保障，高小琪能撿回一條命，實在是不幸中的大幸！
高小琪心想：自己肯定是被當地人給救了，可這裡看起來實在不像是醫院。

拍拍胸口的高小琪深吸了口氣，並安撫好自己的情緒後，看向身邊的大男孩：「請問，這裡是哪裡？」

「我家。」男孩清風似的嗓音柔柔軟軟，很好聽，他凝視高小琪的黑色瞳孔一閃一閃的，有點兒深邃，還有些迷人。

「開車載我的那位師傅呢？他還好吧！」高小琪知道鄉下地方不可能到處有醫院，有人願意收留她這個意外事故的傷者，就算是菩薩心腸了，只希望載她的那位師傅也沒事。

「我很好。」歪著頭的大男孩笑了，笑得開心、笑得燦爛，笑得連房裡的燈光都感覺亮了起來。

發現雞同鴨講的高小琪，沒和他繼續打迷糊仗，這個男孩子看起來很文青，可卻一點兒都不正經，她得找個靠譜的人問問。

「請問，我的背包和手機還在嗎？」高小琪見一位長相清秀的阿姨，正端著洗臉盆和毛巾進來，連忙發問。

誰知，那位阿姨轉頭看了大男孩一眼後，隨即面無表情的放下洗臉盆，默默的走了出去。

「喂！妳還沒有回答我的問題，看到我的手機了嗎？」情急的高小琪掀被跳下床，這裡的人都好奇怪，裝神弄鬼的，問話也不回答，她得趕緊拿回手機，用微信發位置給陸雄和爸爸，他們才好來接她啊！

正當高小琪要拉住走出房門的那位阿姨時，一個灰白頭髮的中年男人伸手攔住了她。有些慌亂的高小琪，反射性的避開陌生男人的接觸，這才發現，他身後還站著一位頗為美麗的婦人。

機警的高小琪環顧左右，剛剛那位長相清秀的阿姨，無論是穿著還是打扮，都和眼前的中年男人一樣，既破舊又普通，可美麗的婦人衣著乾淨，站姿端莊，和坐在床邊的男孩又有幾分相像，應該才是這家人的正主。

於是，高小琪只好轉而求助美麗的婦人，「這位阿姨，我是來黃果樹旅遊的背包客，因為發生車禍，載我的師傅和身上帶的東西都不見了，您能幫我找找嗎？」

高小琪將發生車禍的當下，耐心的解釋了一遍，可美麗婦人瞧著她的臉孔，卻越來越冷淡。

這裡人生地不熟，身無分文的高小琪就怕拖的時間久了，會發生什麼無法預料的狀況，越講越著急的她只好再說：「阿姨，我很感謝您救了我，造成您的麻煩真的非常抱歉。但只要能聯絡上我爸，我會請他給您一點補償，錢絕對不是問題……」

「錢，當然不是問題。」聽到這句話的婦人笑了，笑得有些輕蔑，有些傲慢，可也因為微微的淺笑，而顯得更加嫵媚動人。

「妳就是我花大錢買來的媳婦兒，還談什麼補償呢！只要妳留下來，好好替咱們祐林生個白白胖胖的男孩兒，我們石家就絕不會虧待妳。」

「妳，妳說……什麼？」

誰花錢買來的媳婦？

誰要替誰生孩子？

完全狀況外的高小琪，越聽越迷糊。

走進房裡的美麗婦人，拉起那個坐在床沿，一臉燦笑的大男孩，並伸手摸摸他的頭，而後對著高小琪悠然的說道：「只要生兒子，我就還妳自由，但如果生不出兒子，那贖身的錢，妳可能在石家幹一輩子粗活兒都還不了，懂不？」

不，高小琪不懂！

這突如其來的驚嚇，讓沒有任何心理建設的高小琪，措手不及。

直楞了好幾秒，恍然大悟的她，才驚覺自己被賣了。

每每在新聞播報裡看到，那些在車站被人口販子誘騙、拐賣的無知少女，還有被假扮成親人接走，從此過著暗無天日，甚至被凌虐、被強暴的可憐女生，憤怒的高小琪都感到難以理解，為什麼在通訊如此發達的今天，還是有那麼多無知的女孩子受騙呢？

大陸的即時通訊軟體發達，手機訊號無所不在，只要一通電話，一則訊息就可以求助的大陸，為什麼還是無法阻斷人口販子的違法行為？如今，高小琪懂了，她終於了解無論科技有多進步，監控能力有多強大，都有無法顧及的地方。

高小琪想起，爸爸為什麼總不讓她一個人出門，想起臨行前，陸雄的再三叮嚀，就是因為他們了解，社會有這麼多的黑暗和險惡，才不希望高小琪一個人獨自冒險。

現在，高小琪被賣了，沒有手機的她，會如新聞裡那些被拐賣的女孩一樣，從此被困在某一座山頭，某一個村落，和一個陌生男人生下孩子，過著連她都不敢想像，行屍走肉般的生活嗎？

不，高小琪的人生要由她自己掌控，而且，絕不屈服在泯滅人性的惡勢力之下。

咬牙的她握緊雙拳，拔腿就想逃出房門，可不想，立馬就被那個中年男子給捉住，並拉往別的房間。

「不！你們不能綁架我，我要打電話，多少錢我爸爸都會給，放開我！放開我……」尖聲大喊的高小琪，死命的掙扎，可叫聲終被淹沒在陌生的黑夜盡頭，直到天明。

接下來的三天，高小琪被關在一個半大不小的簡陋房間，沒有窗戶、沒有廁所，僅僅簡單的放著一張床和一條被子，而且不管高小琪如何哭喊、叫罵，甚至威脅要叫公安、海協會來捉人，都沒有用。

那家人不給她飯吃、不給水喝，房間裡也沒有水可以刷牙、洗臉，阿姨僅在裡面放個木桶給她方便，在臺北嬌生慣養的高小琪，受不了這種沒衛生、沒人性、比坐牢還不如的虐待方式，終於放下堅持，妥協了。

哭到嗓子都啞了的高小琪，直說服自己：「要逃跑也得先有力氣，『留得青山在，不怕沒柴燒。』先活下來再說。」

美麗婦人坐在大廳裡，悠然的喝著茶，一聽說那個買來的女孩兒服軟，就笑了。頭也不抬的她勾起唇角，彷彿一切都在自己的意料與掌控之中，「周媽，帶她去洗個澡，換身乾淨的衣服，再讓周景宰隻雞，熬鍋雞湯給她補補元氣。」

「好的，太太。」

面無表情的周媽對著婦人點點頭，然後回到小房間，扶著渾身無力的高小琪走進浴室，放了熱水，伸手扒光她的衣服後，還不忘把衣服全拿走，並喊來一個年輕小伙子守在浴室門口，這才放心的留下高小琪獨自梳洗。

幸好有熱水。

從小房間被「解放」出來的高小琪，在見到浴桶裡的熱水後，簡直要高舉雙手喊萬歲。

雖然，這家人超小氣的只給了高小琪半桶水，但對三天三夜沒洗澡的她而言，已經是天賜。所以，管它桶子有沒有人用過，什麼乾不乾淨、衛不衛生的都不重要了，全身難受得緊的她，興奮的直接跳進木桶裡，讓乾渴的肌膚充分享受溫水的滋潤。

身體舒服了，這才想到肚子是空的，但即使高小琪已經餓得前胸貼後背，赤身露體的她，還是得乖乖的等周媽拿來乾淨衣服穿好後，才能到餐廳裡吃飯。

管家周媽很細心，她知道高小琪餓久了不能一下子吃太多，所以只給她一碗清粥，和幾樣醃漬的小菜。本來高小琪還滿心期待著喝雞湯，後來想想人家熬湯也要時間，就隨便糊幾口粥先填填肚子。

就在高小琪努力餵飽肚子，儲存體力的同時，發現那個坐在她對面的陌生小伙子，正目不轉睛的盯著她。高小琪知道，剛剛就是這個小伙子在浴室門口守著自己，應該是那個阿姨派來監視她的。

「妳叫什麼名字？」見高小琪吃的差不多後，好奇的小伙子終於開口問了。

「你先回答我幾個問題，我就告訴你。」知己知彼，百戰百勝！即使高小琪現在是個階下囚，但防人的這點心思，她還是有的。

濃眉大眼的小伙子移動雙腳，並將手肘貼近餐桌，勾起脣角的他朝著高小琪用力點頭，一副興致勃勃的樣子。

「這裡是哪裡？客廳那位漂亮的阿姨姓什麼、叫什麼？她兒子今年幾歲？還有，你是誰？」

小伙子聽完後嘿笑兩聲，認真的回答起高小琪的問題，「我叫周于，是剛剛走出去那個周媽的兒子，我老爸是石家的長工，叫周景。太太叫石絜，少爺今年都二十二了還娶不到媳婦兒，太太託了村長到處找，好不容易才買到了妳……」

歪著頭的周于調皮的笑了笑，黑白分明的眼睛裡，閃著不屬於他這個年紀的成熟與狡黠。

「石家是這裡最大的中草藥商，沒有人不認識，但是，這麼大的產業沒人繼承不是太可惜了嗎？所以，太太得趕緊找個人傳宗接代，好繼承石家的事業。」

眼前的這個周于不但晒得一身黑，身上穿的衣服，就像一條剛從醬缸裡撈起來的梅干菜，又皺又灰，完全顛覆了高小琪對三國那個周瑜的綺麗幻想。

幸好臉蛋長得還不錯，光看五官的話，還算是個俊美少年。

只是周于說：石家會後繼無人？

高小琪記得，那個大男孩看起來年紀輕輕，何況，男人就算等到三、四十歲，也不怕生不出小孩，急什麼？再說了，這麼有錢的石家少爺要娶老婆，大家不爭著搶破頭才怪，怎麼還需要用非法的手段，去買一個來路不明的女孩當媳婦？

「現在，可以告訴我妳的名字了吧？」就在高小琪努力分析著石家狀況的同時，周于又問了。

「高小琪。」高小琪很坦率的回答。

周媽不開口，長相可怕的那個周景她更不敢招惹，所以，高小琪能打聽的管道就只有周于，如果能激起周于的同情心，幫助她逃走，那就更好了。

「今年幾歲？住哪裡？城裡好玩嗎？」

「今年二十，住臺北。」見周于蹙著眉想破頭的樣子，高小琪也猜得出，他並不清楚臺北是哪裡，「不知道你所謂好玩的定義是什麼，反正，人多的地方我都不喜歡。」

「人多才熱鬧啊！哪像這裡……」

兩個人聊得正起勁時，毫無防備的周于後腦勺，突然被重重的拍了一下，痛到跳起來的他正要開罵，一轉頭才發現，原來是周媽。

「在這兒嚼啥舌根？還不趕緊幹活兒去。」周媽劈頭就給兒子一頓臭罵。

「不是妳叫我來看著的嗎？又打人做什麼？」莫名被巴頭殼的周于沒敢多嚷嚷，只在嘴裡低聲咕噥著不滿，隨即低頭對高小琪眨眨眼後，轉身溜走了。

「太太交代吃飽了就得回房間，不許在外面多待。」

周媽拉起高小琪的手就要往房間裡走，可高小琪不想再被關，扯回手哀求著說：「周媽，我知道妳人好心地也善良，但我真不適合這裡，妳幫我跟太太求求情，我回去後，保證介紹更多漂亮的姑娘給她當媳婦，好不好？」

擰著一張臉的周媽，完全沒把高小琪的話聽進耳朵裡，高小琪見說不動，只好硬著頭皮，使出吃奶的力氣推開周媽，拔腿就跑。誰知差點兒撲跌的周媽，竟然眼睜睜的看著高小琪出走，攔也沒攔。

見狀的高小琪，以為心軟的周媽真願意放自己一馬，正開心的往外衝時，迎面就撞上一層厚實的肉牆。

就說周媽怎麼不吱聲，原來，門外還有一個保安啊！

雖然周景看起來有點兒老，可是長年幹粗活兒的他肌肉結實，力氣也大。見高小琪吃飽，養足了氣力就想著要逃跑，便問也不問，扯著她的衣服像拖牲畜一樣的，再次把她拖回房間裡。

好不容易盼到一線生機的高小琪，又在小房間裡哭喊了一天一夜，直到累倒在門邊，才被開門進來的周媽給扶了起來。

「瞧著妳這丫頭也不笨，咋的腦筋這麼不好使。」

難得聽到周媽的抱怨，無助的高小琪哭著拉住她的手，繼續哀求周媽幫忙，「我不能留在這裡，我還有書沒唸完，我的人生還有許多規劃要完成。周媽，求求妳了，我……我爸有錢，他一定願意贖我回去的。」

周媽扯開高小琪的手，「坦白告訴妳，這幾年山裡買來的丫頭不知道有多少，就從沒有一個跑得成，妳該慶幸是被石家的太太給買的，若生了兒子至少還是少奶奶的命，哪像我……」

忙著鋪床的周媽手上突然一頓，艱難的嚥了口氣後，不說話了。

「妳也是買來的？」高小琪像找到救命的浮木般，攀住周媽的手臂，直接把她剛才的警告拋在腦後，「妳試著跑過吧？周媽，我爸認識很多官員，只要一通電話，他會馬上帶人來救我們的。」

「家裡唯一的電話，在太太的書房裡。」

「手機，電腦也可以。」興奮的高小琪幾乎要大叫，終於有人願意幫她了。

周媽冷冷的看著她，截然不同的淡漠反應，讓一頭熱的高小琪不明所以。

「如果我幫了妳，周景就會沒工作，周于也會被太太趕走，我們一家三口會成為這個村子的叛徒，不用走出大山就會被人活活打死。妳說，我能幫妳嗎？」

叛徒？被人打死？這麼嚴重！

雖然，高小琪也曾在電視新聞上，看到少數內地鄉民罔顧法律、人權，甚至偷、搶、拐、騙等犯法的舉動，但依然難以想像在文明如此發達的現代，還存在著這種草菅人命的行為。

如果，為了救她一個人，而讓周媽一家三口拿生命當賭注，善良的高小琪也是不願意的。

看來山裡的人，對買來的媳婦都已經有了共識，為了防止她們逃跑，不惜全民監控，甚至以性命相逼。

灰心至極的高小琪放開周媽，終於體會到什麼是「叫天天不應，叫地地不靈。」

「妳還是乖乖聽太太的話，早點兒和少爺圓房，甭管能不能生下兒子，至少吃穿不愁。」鋪好床的周媽丟下這句話後，隨即轉身離開。

高小琪見守在門外的周景，嚴肅的瞪了她一眼才鎖上門，而後，兩個人不知道在門外嘀咕些什麼，說了好一會兒話才相繼離開。

「爸爸，陸大哥，到底我該怎麼辦？誰能告訴我？」從未想過會遭遇如此不幸的高小琪頹坐在床沿，不禁為自己未來悲慘的人生，掩面啜泣。

第三章　驚恐初夜

無論一個人的意志有多堅定，脆弱的身體也禁不住煎熬，又被餓兩天的高小琪再次舉手投降，她相信總有一天會找到願意救她，也有能力救她的人。但在那之前，她得先保住自己一命。

石絜這一次沒多囉嗦，當晚就安排高小琪和兒子圓房，周媽也沒給高小琪吃東西，而是直接把人梳洗好後，就帶到石家少爺的房裡。

高小琪不是小孩子了，當然清楚「圓房」是什麼意思，雖然她談過戀愛，但家教甚嚴的她，從來沒有和男朋友逾矩過。只是，現在的她已經是騎虎難下，要嘛失身，要不就是餓死。

想起和石家少爺初見面時的情景，是個很無害的大男孩，或許，高小琪可以和他溝通溝通，這種強姦似的婚姻，是不會長久，也不會幸福的。

可是萬一……萬一那個石家少爺，是個表裡不一，金玉其外，敗絮其中的男生，又或者，是個暴力相向的虐待狂，那往後的日子要怎麼辦？

高小琪簡直不敢想。

因為緊張，高小琪完全忘了肚子餓，只知道時間一分一秒的過去，而她卻像個凌遲受死的犯人，在道德教育與性命間不斷掙扎。蜷在角落的她，一顆心七上八下、撲通撲通的狂跳，直到石絜帶著那個少爺進房來。

「來，祐林，今晚你就和媳婦兒一起睡吧！」語調柔軟的石絜，銳利的睨了高小琪一眼，隨即堆滿親切又和藹的笑容，將她的寶貝兒子推了過去，「記得媽剛才教你的，要脫了衣服和媳婦兒一塊兒睡，懂不？」

「懂，要脫了衣服一塊兒睡。」像個孩子似的石祐林，依舊一臉燦笑，可原本躲在角落，嚇得膽顫心驚的高小琪，卻聽得訝然。

脫了衣服一塊兒睡？這種事還需要媽媽教，他腦子有問題嗎？

「嗯，祐林真乖。」

石絜溫柔的摸摸兒子的頭，然後移動目光向一旁的周景示意，高小琪只見肅冷著一張臉的周景，手上拿著一綑白色的長布條，快速的向她走來。

「不！你們不能綁我……嗚……」

揮動十指的高小琪還來不及抵擋，雙手就已經被周景給牢牢捉住，周媽趁著高小琪掙扎反抗時，將捲好的布條塞進她嘴裡，免得高小琪繼續哭天喊地。

惶恐至極的高小琪，沒想到昨天還在細心勸說她的周媽，現在居然幫著別人推她入火坑，難受的幾乎要斷氣。四肢纖瘦，又被餓到沒什麼力氣的她，沒兩三下就被周景結結實實的綁在床上，動彈不得。

高小琪本以為，等大家都離開房間後，還有機會可以說服石祐林放過她，可如今連嘴巴都被堵住，高小琪就算有三寸不爛之舌，也只能任人魚肉了。

但是高小琪不甘心，她是爸媽從小捧在手心裡長大的公主，打小就努力的學才藝、拼成績，爭取老師與所有長輩的認同和喜愛，她這麼辛苦的奮鬥了二十年，還沒有享受到屬於自己的成就，也沒找到自己愛的男人，難道，就莫名其妙的被這家人給毀了嗎？

「唔唔……」抱著最後一絲希望的高小琪，對著不敢看她的周媽不斷搖頭，斗大的淚，就這麼撒在那張漲紅的雙頰上。即使，以前高小琪的性子再怎麼倔強不服軟，可現在，也只能祈求周媽救她了。

石絜將兒子拉到床邊坐下，不忘再次小聲提醒，「以後她就是你的媳婦兒了，記得，媳婦兒是買來『睡』的，懂不？」

「懂。」猛地點頭的石祐林，答的乾脆又爽快。

「好啦！沒事大伙兒就出去吧！讓祐林跟媳婦兒好好休息。」

一派輕鬆的石絜優雅轉身，跟在她身後的周景，不忘再次回頭仔細檢查高小琪有沒有綁好後，也拉著沉默的周媽，一起走出房門。

石祐林見大伙兒都出去後，一臉興奮的跳上床，然後開始脫衣服。

接受是一回事，但面對又是一回事，高小琪一想到接下來即將要發生的事，就覺得噁心、想死。她不斷用四肢扯著布條，直到被綁住的手腕和腳踝，因磨擦而變得又紅又腫。

「痛痛……痛痛。」脫了上衣的石祐林，見高小琪的手腳都扯紅了，便停下了動作，好心的坐在她身邊，摸著布條喊痛痛。

「嗯，嗯……」機伶的高小琪意識到了，這個石祐林肯定腦子有問題，所以山裡才沒有姑娘願意嫁給他。她趕緊對著石祐林點點頭，希望還有機會救自己一命。

「那咋辦？媽媽說，絕對不能幫妳解開布條。」石祐林記得媽媽的交代，他向來是個聽話的乖孩子。

「嗯嗯。」高小琪嘟起嘴，示意他把嘴裡的布條拿掉。

沒想到這回石祐林不笨了，居然聽得懂，並小心翼翼的將布條從高小琪的嘴裡，慢慢抽出來。

「謝謝！」直覺人生得到救贖的高小琪鬆了口氣，感激的差點兒掉淚，於是，很自然的說出「謝謝」兩個字。

沒想到，石祐林也沒頭沒腦的回了她一句：「謝謝！」

滿臉淚痕的高小琪很想翻白眼，但眼前要緊的，是如何讓自己逃掉圓房這一關，「那個……我的手很痛，你能幫我鬆開一點點嗎？」

不能解開，鬆開應該可以吧！

但傻子不代表他真的笨，石祐林很果斷的搖頭，「媽媽說，手腳要綁緊，妳才不會跑掉。」

「好吧！那你舒舒服服的睡你的覺，等明天早上醒來，我的手腳肯定會因為血液循環不良而廢了。」石祐林是個好孩子，好孩子會有同情心的，高小琪暗想。

「媽媽說，要跟妳一起睡。」瞧高小琪一臉認真又嚴肅的表情，低下頭的石祐林有些掙扎了。

高小琪本想罵他都多大了，還一口一句媽媽說，但仔細想想後，現在的石祐林就像個半大不小的孩子，聽媽媽的話是正常的。以高小琪之前帶兒童夏令營的經驗，用同年齡的相處模式來說服他，比較有用。

「我答應和你一起睡，但是我『非常、非常』的怕冷，所以不能脫衣服睡覺。」高小琪故意加重語氣，同時，也祈禱石祐林不懂得「一起睡」是什麼意思。

「我抱著妳就好了，小時候媽媽怕我冷，都是抱著我一起睡的。」沒想到，高小琪的哀兵政策卻撩起石祐林的同情心，這下子更慘了。

「不行、不行！我……我不習慣給人抱著睡，那個……用棉被把我包起來就好了。」即便石祐林的智商只有十歲，但身體卻已經成年，萬一他抱著抱著，擦槍走火可就糟了，高小琪絕不能冒那個險。

「哦！」有些失望的石祐林伸手拿起被子，真把高小琪像顆粽子似的，包得結結實實。

「那……你也趕快睡吧！」逃過一劫的高小琪在心裡樂得直開花，她很慶幸自己遇到個傻子，而且，還是個聽話的傻子。

石祐林聽到終於可以睡了，便喜滋滋的朝高小琪身邊挨了過去。

「睡過去一點，我不喜歡和別人擠一張床。」高小琪示意他離遠一點。

可是，石祐林也不習慣和別人擠一張床啊！除了小時候，遇到打雷閃電會跑去和媽媽一起睡外，石祐林都是獨自睡一間房的，現在，媳婦兒不和他一起睡不打緊，連他唯一的一條被子都搶走。無助的石祐林搓了搓有些發涼的手臂，裸著上身的他，像隻可憐的小狗蜷在床邊，還得小心不要摔下去。

相較於被鳩佔鵲巢的石祐林，幾天來的情緒激動和擔心害怕，讓體力和精神都嚴重耗損的高小琪，顯得昏昏欲睡。

雖然，她並不信任躺在身邊的石祐林，但比起石家更冷血的那幾個人，這個單純的傻子相對無害多了。也許就在這一念之間，累極的高小琪卸下了心防，於是禁不住睏意的她，在棉被紮實的保護下，很快的進入了夢鄉。

高小琪被賣來的村落，位於貴州省極偏遠的山區，距離最近的城鎮，得走上四、五個小時的山路才會到。住在這個村子的人，都是以採集中草藥為生，因為大山裡，山高路險造成的交通不便，所有物資僅能用人力和騾馬，一步一步在重重峻嶺間傳遞運輸。

每年的夏季和秋季，會有許多青壯年組成的背篼隊伍，帶來村子裡所需要的油、鹽、布料和建築等生活必需品，而村民則以自己採來的中草藥，和養的牲畜做為交換。

石家的草藥向來都是由村長領隊，帶到城裡交給藥商，或運到市集去賣，當然，偶爾也會領這幾個腿腳有力的漢子，到城裡採買。除了把跟村民搜刮來的上等草藥，貢獻給市集的幾個領導外，還得陪陪小酒，趁機套點兒交情。

石家算是村子裡最有錢的大戶，三代都在經營中草藥，村子裡除了村長，也只有石家有電話可用。可惜石家三代單傳，到了石祐林這一代，居然連腦子都變傻了，讓石絜這個當娘的，為了娶一門合適的媳婦兒傷透了腦筋。

就在此時，小山和耗子背來了車禍昏迷的高小琪，這丫頭無論是樣貌還是身段，都讓眼高於頂的石絜意外的滿意。即使，小山開了個讓仲介的村長都瞠目結舌的天價，但為了順利傳宗接代，石絜也只好咬牙認了。

只是，就在安排好圓房的隔日一早，歡天喜地的石絜，正仔細算著何時可以抱孫子時，周媽卻傳來令她難以接受的壞消息。

「咋！沒有見紅？敢情是那兩個臭要飯的訛詐了我？」拉著周媽急急去查房的石絜一臉扭曲，為了娶個乾淨，有資格為石家生兒育女的媳婦兒，她可是花了不少錢啊！

「太太……不是。」有些難為情的周媽，不知道該怎麼跟石絜說這事兒，畢竟男女交媾是天性，也是一種本能，若是少爺連這種本能都沒有，那還談什麼傳宗接代？

「究竟是咋地，妳倒是快說啊！」氣極的石絜不能理解，人都綁成那樣了，難道還能反抗不成？

「少爺……少爺他，沒睡媳婦兒。」低著頭的周媽捏了捏衣角，見四下無人後，才走近太太的耳邊，支支吾吾的咬了幾句，「少爺脫了衣服一個人睡在床角，碰也沒碰媳婦兒。」

「什麼！」睜著一對大眼睛的石絜瞪著周媽，而後雙頰一紅，氣得直跺腳，「去把少爺叫到我房裡來。」

但就在周媽轉身打算去喊人時，石絜又叫住她，「妳，去跟媳婦兒講清楚她的責任，生不出兒子，我就再賣她一次，山裡可不只咱一家缺媳婦兒。」

有點兒訝然的周媽抬頭看了眼太太，見那冰塊似的肅冷面孔，就知道她是認真的，莫名心焦的周媽不敢多說，立馬抬腳去叫人。

這幾年，為了給少爺挑個合適的媳婦兒，太太不知道在附近村子找了多少媒人介紹，又要身家清白，又要知書達理、性子好的。但是山裡有點本事的父母，不是把孩子送到城裡去讀書，就是早早讓孩子離家謀出路，別再回來，哪還能在這種鬼地方，挑出中意的媳婦兒？

雖然最後不得已，只能用錢買個傳香火的工具，可太太也沒有因此降低了她的水平。瞧那個高小琪的談吐，就猜得出是個高級知識分子，骨肉均勻人又長得漂亮，能生會養，將來生下的孩子肯定也不差。

當然，唯有這樣的女孩兒，才配得上石家尊貴的少爺，可是，太太居然狠心的說要把她賣給別人？

莫要說這山裡吃的、穿的、用的，有誰比得上石家？就連城裡批發藥材的那些男人，一副瞧不起賣命漢子的嘴臉，可也不敢不看石家太太的臉色，足見石家在貴州中草藥界的份量。

高小琪狀似意志堅定，但連餓個肚皮都禁不住，若真賣給了別人，不用說下地幹農活兒，光是在床上就可能被男人給折騰掉半條命，這樣的身子板，怎麼做山裡大漢的媳婦兒？

越想越心驚的周媽，趕緊加快了腳步，往石祐林的房間走去。

開心度過一晚的高小琪，還在慶幸自己的小聰明足以瞞天過海，沒想到，轉眼就看到憂心忡忡的周媽走了進來。

周媽先是把石祐林給請了出去後，再把太太剛才講的那些話，一字不漏的告訴了高小琪，「過了這個村，就沒這個店了，妳自個兒可要掂量清楚。」

周媽解開高小琪身上的束縛，見那原本蒼白的臉色變得更為沉重，想想她不過是個半大不小的姑娘，立馬就要和一個陌生男人睡，心裡肯定是既掙扎又猶豫的，「不過就是生個孩子，妳還年輕，真待不住，太太也不會攔妳的。」

女人天生就是個工具，男人的附屬品，與其替苦命的莊稼漢生孩子，倒不如好吃好喝的過幾年，反正過了這個坎兒，又是大好人生。

「那妳呢？為什麼生了孩子還不走？」凝著淚的高小琪，直直盯著周媽問。

就算高小琪是來自臺灣，受過高等教育的二十一世紀新女性，也明白孩子是母親身上掉下來的一塊肉，怎麼可能生完後，丟下孩子說走就走，更別說，還是丟在這座形同籠牢的深山裡。

被瞧得心虛的周媽撇過臉，她自個兒都做不到的事，居然還有臉拿來跟後輩說嘴？

羞愧不已的周媽把剛盛來，熱騰騰的雞湯和一碗清粥放在小桌上，而後低著頭，匆匆關上門離開。

雖然還是夏天，但山裡的夜晚卻來得特別早，高小琪除了被周媽帶出去梳洗外，一整天都沒能再出房門。

話說，即使沒有活動的高小琪身上沒什麼汗味，但僅用少許的冷水擦拭身體和洗臉，還是讓習慣天天沖熱水澡的高小琪很受不了。

早先到貴州時曾聽爸爸說，內地的旱象在溫室效應的影響下，變得異常嚴峻，尤其在沒有安裝自來水管的地區，人民真的只能靠天喝水。為了節約用水，許多內地人索性久久才洗一次澡，甚至大半個月才洗一次頭，日常清潔也僅用少許的水來洗腳了事。

這一點，高小琪從周媽和周于兩個人身上的氣味，以及沒換洗的衣服就可看得出。

幸好石家自己有鑿井，雖然用水無虞，但上至太太、少爺，下至工人、阿姨，每日所需的用水量還是少不了。

來石家十幾年的周媽平時謹慎、話少，也很懂得操辦家務，算是石絜的得力助手，她知道高小琪是城裡來的，肯定受不了不洗澡，這才額外打水給她梳洗。

晚上是周于拿來了飯菜，嘻皮笑臉的他，向高小琪打聽了許多城裡的事，高小琪也很有耐心的把知道的都告訴了他，兩個人聊了好一會兒，周于見高小琪吃得差不多，便準備把碗筷收走。

「聽說，少爺被太太叫到房裡訓了一頓，出來的時候還差點兒哭鼻子。」臨走前，周于不忘好心的提醒。

高小琪心想：肯定是罵他笨吧！連怎麼和女人生孩子都不懂。

但周于怎麼會知道，是高小琪利用了石祐林的善良，才害他被罵的呢？

聽周媽轉述石絜的意思，就算她自個兒的兒子真的不懂男女之事，高小琪也要主動的教他，否則，她就要把高小琪像貨物一樣，再賣給別的男人。

可是，沒有感情的人連碰一下都會覺得噁心，怎麼可能一起做愛做的事？同樣身為女人的石太太，為什麼要這麼逼高小琪呢？

「你們少爺一定很生氣，很痛恨我吧！」一想到周媽明天還會來檢查床單，高小琪的一顆心就沉了下來。

石太太會怎麼教她兒子？是霸王硬上弓？還是叫高小琪自己看著辦？

「沒有，少爺說，幸好太太罵的不是妳，不然，他就不只是哭鼻子了。」碗筷還拿在手上的周于放低音量，側著臉對高小琪揚揚眉，「少爺說妳長得好看，他喜歡妳做他媳婦兒。」

訝然的高小琪臉一紅，連忙把頭轉開，怎麼傻瓜也知道什麼叫喜歡嗎？

「少爺還說，以後他會好好保護妳，絕不讓別人欺負妳的。」

第四章　被逼圓房

石祐林再進房的時候已經很晚了，直到關上門的那一刻，高小琪都還看得見站在房門外的石絜，正抬著下巴盯著她，而那對漂亮又慧黠的眼睛，彷彿在告誡高小琪：不要忘了她被賣到石家的目的。

待石絜離開後許久，高小琪才漸漸收回自己發澀的目光。

昨晚那個活蹦亂跳，像個天真孩子的石祐林，今晚出奇的安靜，低著頭的他坐在床沿，玩著自個兒的手指，完全不像受過特別指導的樣子。

高小琪微微側臉偷瞄了幾下，才發現石祐林跟石絜長得有幾分相像，黑白分明的大眼睛，又長又捲翹的濃密睫毛，明顯而立體的五官和紅潤的雙唇，連臉上的皮膚都光滑的誘人。

這樣的長相在漢人的社會裡，算得上是標準可口的小鮮肉，當大明星都綽綽有餘。

嚥了嚥口水，高小琪驚覺自己有點花痴了，現在都什麼時候了，居然還被石祐林的美色給誘惑，難不成，石家在她的飯菜裡下了什麼藥，讓她神志不清了？

「妳頭疼嗎？」石祐林見沉默不語的高小琪直搖頭，擔心問道。

「沒，沒有。」高小琪總不能承認自己花痴了吧！

「那，咱們睡吧！」石祐林見高小琪緊張的看著門口卻不理他，只好自個兒爬上床，又開始脫衣服。

本以為石祐林會像昨晚一樣只脫上衣，可等到他準備動手脫褲子時，驚惶的高小琪還是忍不住喊卡，「等……等一等。」

她不想和一個傻子生孩子，萬一生下個傻蛋，豈不是更禍延子孫？

但就算高小琪阻止了石祐林，石絜肯定也會守在門口聽動靜的，逃得過今晚逃不過明晚，該怎麼辦？

明星臉？小鮮肉？演戲！

既然石祐林喜歡她，一定也肯聽她的話，倒不如……

「嗯，祐林，我還不想睡，我們來玩個遊戲好不好？」難得賣萌裝小的高小琪，輕聲說道。

「可媽媽說，今晚一定要脫光了抱著妳睡，否則，明天就把妳賣給別人。」一臉委屈的石祐林繼續脫褲子。

「這樣吧！我們一邊玩、一邊睡。」高小琪急忙拉住石祐林動作的雙手，雖然小鮮肉很可口，但她不想長針眼啊！

見石祐林沒有反對的意思，高小琪也跟著爬上床，「我們來玩躲貓貓的遊戲，我躲在被子裡面，你得想辦法把我捉出來，如果捉不到，我就在被子裡睡，你在被子外睡。」

好奇的石祐林有點兒想玩，可又不敢忘記媽媽的交代，皺著眉頭顯得左右為難。

但高小琪沒有給他考慮的時間，再不開始，萬一石絜等不下去，跑進來親自教學，那她可就真的逃不掉了。

「來，開始嘍！你來捉我。」掀被的高小琪躲在裡面，猶豫不決的石祐林，被動的伸手去拉被子，可高小琪馬上就將自己捂得更嚴實。

「啊！不可以。」差點兒沒守住陣腳的高小琪，刻意放聲尖叫。

被激起興致的石祐林覺得好玩，不但把母親的交代拋到腦後，還認真的與高小琪拉扯了起來，「在這兒，捉到妳了。」

一直拉長耳朵，站在門外偷聽的石絜，終於等到房裡有人被撲倒在床的碰撞聲，還有高小琪的尖叫聲，跟兒子粗喘著氣的聲音。

滿心歡喜的石絜心想：祐林真是個好孩子，應該是成事兒了。

「今晚妳就在這兒守著，誰叫都不許開門，明早記得檢查了床單再來告訴我。」頗為得意的石絜吩咐一旁的周媽，而後才勾起脣角離開。

恭敬的周媽點點頭，見太太滿意的走後，便拉了把椅子在門邊坐下。

臉上看不出是悲是喜的周媽，對著房裡的吵鬧聲嘆了口氣，喃喃自語：「孩子，這是妳的命，要怪就怪老天爺不長眼，誰讓咱們是女人呢？」

隔天一早，周媽見石祐林一副沒睡飽的樣子，哈欠連連的走出來，而高小琪還躲在被子裡。

進房的周媽輕輕的拍了拍高小琪的肩膀，只見她裹著被子直往裡邊靠，小身子板還在微微的發抖。不過，周媽終於看到床單上點點乾涸的暗紅，默默不語的她雙肩一鬆，直接跟太太報告這個好消息。

石絜一聽到兒子、媳婦兒圓房後，很是歡喜，讓周景趕緊把前兩天捉到的大蛇扒了皮，配了中藥燉給兒子吃。

石祐林自小雖沒有生過什麼大病，但身子骨總是不長肉，石絜擔心兒子有了媳婦兒會吃不消，便三天兩頭的熬湯藥給他補身體。

大山裡的食物短缺，就連家禽、家畜也多是養來交換物資，除了祭典或重大節日需要外，他們很少宰殺來自己吃。因此，對於含有豐富蛋白質的肉類，只能抓些山蛇、山鼠，或捕捉鳥類、昆蟲來補充。

貴州的土壤貧瘠，能耕種的蔬菜少之又少，一般人家頂多種些包穀，也就是臺灣俗稱的玉米，晒乾後用石磨磨碎，篩簸去皮，再灑水拌溼後，放到蒸籠裡蒸熟當成主食，搭配山裡採來的野菜或醃漬過的酸菜，將就過一餐。

雖然石家不缺錢，但即使想吃頓好的佳餚也不容易，幸好在高小琪來之前，石家剛好從背筦隊伍那裡補充到不少生鮮食材，因此，石家並沒有像平時那樣，只吃包穀飯配酸菜。

再加上石絜本身就愛挑剔，煉就了周媽的一手好廚藝，所以舉凡飯館裡能吃到的鹽酸乾燒魚、酸菜小豆湯、宮保雞丁、稻草排骨、乾鍋茶樹菇，還有小米做成各式各樣的點心，都讓高小琪大飽口福。

只是，貴州菜喜酸偏辣、多油多鹽的口味太重，山菜又纖維多難入口，沒有水果可吃，晚上又睡不好，種種因素讓高小琪的臉上猛冒痘。

天生麗質的高小琪，這才發現放任飲食的嚴重性，只好拜託周媽，讓她吃的東西儘量清淡些。

相較於高小琪的痘痘臉，石祐林的狀況更嚴重。

周景抓來的那條大蛇，不僅被燉成了藥膳蛇肉湯，就連蛇膽及蛇血也給留了下來，周景說，生吞蛇膽和生飲蛇血有壯陽的功效，保證連生好幾個兒子。可是膽小的石祐林，一見那血淋淋的東西就覺得腿軟，死活不依，尤其是見過世面的石絜，也覺得生蛇膽既噁心又不衛生，這才便宜了周景和幾個石家的工人。

即便如此，只喝藥膳蛇肉湯的石祐林，仍覺得一整日的口乾舌燥，夜裡不但翻來覆去總睡不好，早上醒來還經常流鼻血。

石絜見兒子莫名其妙的流鼻血，也有些嚇到，不了解前因後果的她，只好改燉涼補的藥材給兒子喝，這才舒緩了石祐林許多不適的症狀。

逃過了被逼圓房的一劫，接下來的日子過得飛快。

高小琪被賣到石家已經快一個月，外地買來的魚鮮吃完了，周媽開始天天弄起雞湯和補藥，喝得她不僅肚子肥了一圈，就連雙下巴都跑了出來。無法出門運動減肥的高小琪，千拜託、萬拜託周媽別再給她吃這些東西，再這樣圈養下去，她遲早會變成豬的。

「豬好啊！抱起來滿舒服。」沒想到，整日悠哉的石祐林，居然回高小琪這麼一句。

「你抱過？」人家說，沒吃過豬肉也看過豬走路，可惜臺北長大的高小琪，只看過電視上的豬，更別說是親自體驗了。

「當然，家裡剛出生的小豬我每隻都抱過，綿綿軟軟的，像麵團兒。」張著十指的石祐林像捏麵團似的，兩眼發亮的嘿嘿笑著。

但高小琪光是想像，抱著一坨軟趴趴又圓滾滾的溫體活豬肉，就覺得噁心。尤其剛到石家時，夜裡常有老鼠在屋頂跑來跑去，有回高小琪晨起時，還不小心踢到一隻路過的老鼠，嚇得她當場失聲尖叫。

但自從那次後，石祐林就交代周景，要想辦法把屋裡的老鼠都捉起來，一隻都不准讓牠們再進屋子裡來，這才免了高小琪的老鼠恐懼症。

「不行，繼續關在房裡我會悶死的，你跟阿姨說一下，放我出去走走、透透氣，好不好？」經過十幾天的日夜相處，高小琪大半摸透了石祐林的性子，其實他人滿好，體貼又可愛，如果腦子沒壞的話，肯定是個人見人愛的好男人。

「可是……」本來還聊的有些開心的石祐林，突然低頭絞起手指。

「可是什麼？」每當石祐林左右為難，或猶豫不決的時候，就會出現低頭絞手指的小動作，性急的高小琪只好耐下性子問。

「媽媽警告過我，說妳一出去就會跑掉，到時，我就沒媳婦兒了。」羞愧的石祐林，嚅嚅囁囁的把話含在嘴巴裡，好像說了高小琪什麼壞話一樣。

看著石祐林糾結的心情，高小琪卻沉默了。

的確，如果有機會的話，高小琪會毫不猶豫的逃跑。雖然，她覺得石祐林人很好，但身為現代新女性的高小琪，畢竟是不容於這麼封閉的鄉野村落。

打小就跟著高振寰各處跑的她，還有學業沒完成，也沒看遍世界的綺麗風光，高小琪想實踐自己遠大的抱負和理想，等著談一場轟轟烈烈的戀愛。正值青春年華的她，還有幾十年璀璨的人生要去追尋和擁抱，怎麼會甘心屈居為一個生孩子的工具？

「妳……真的會走嗎？」沒聽到回應的石祐林有些心慌，他拉了拉高小琪的衣角，迫切的想聽到她的答案。

「傻瓜，我現在不是陪著你嗎？」他是真傻，居然問自己這種傻問題，可高小琪不忍心對石祐林說實話，只好陪笑。

「嗯。」開心的石祐林猛地點點頭，頭腦簡單的他，根本猜不出高小琪的話中有話，於是轉身拿了棋盤過來，又要高小琪陪她下。

說也奇怪，石祐林腦子都傻了，可居然會下棋？

石祐林的棋藝出奇的好，高小琪還常常輸給他，不僅如此，石祐林也非常喜歡「看」書，沒事就抱著厚厚的一本攤在桌上。

高小琪曾試探性的問他：「書裡都講了些什麼？」可石祐林只是憨憨的笑，卻沒說是什麼，害得她不得不跟周于這個八卦電臺，打聽打聽。

「這妳就問對人了，少爺小的時候人還挺聰明的，琴棋書畫無一不通，四書五經倒背如流，當初先生本想送他去城裡讀私校的，因為太太堅決反對才沒去成。」

高小琪和周于單獨見面的機會並不多，大都是周媽沒空，讓他幫忙拿飯菜到房間裡給小倆口吃，這會兒恰巧石祐林出房門，高小琪才能跟周于打聽。

「那現在為什麼變成這個樣子？」這高小琪就不懂了，好好的一個孩子，怎麼就傻了呢？

「唉！說起來都是造化弄人，少爺十歲那年，先生在城裡有了別的女人，而且還瞞著太太，想帶著少爺偷偷的跟城裡的那個女人私奔。誰知道，被山裡的村民發現後通知了太太，兩個人便為了搶少爺而大打出手，少爺為了阻止父母吵架撞破了頭，醒來後就成這樣了。」

原來，石祐林還有這麼一段悲慘、破碎的童年。

「石家這麼有錢，難道，沒找醫生來看病嗎？」

高小琪不是愛八卦的女孩，誰家沒什麼說不清、道不出的辛酸苦楚，只可憐了石祐林小小年紀，便要經歷被父親拋棄的這種難堪。但既然石祐林的傻不是天生，而是受到撞擊才變笨的，應該還有得治啊！

「當然有啊！少爺這麼一撞可把先生、太太給嚇的，不曉得花了多少錢、請了多少城裡的醫生來看，都說沒有用。妳說，石家是賣藥材的，多少人吃了石家的藥起死回生，到頭來卻醫不好自個兒的兒子，這是啥道理？總之，是老天不長眼，天妒英才。」

瞧周于氣的吹鼻子瞪眼，這個平日裡嘻皮笑臉的小痞子，原來也有為人打抱不平的時候。不過，這跟老天爺有什麼關係？動不動就指著老天罵，有用嗎？

「所以，他現在會的，都是十歲以前的記憶？」

如果真是這樣，那石祐林就太可怕了，高小琪好歹上過圍棋的才藝班，但居然輸給一個棋藝只有十歲年紀的孩子，真是丟人。

「應該是吧！妳別看少爺平時傻乎乎的，有時也精明的很，所以，妳千萬別隨便忽悠他，他可是會記仇的。」周于自小就是石祐林的跟班兒，這種事沒有人比他更清楚。

「哈！是嗎？我……我不會，我怎麼會忽悠他呢？絕不會。」心虛的高小琪別過臉，暗自提醒自己：下次說謊得裝的更嚴實一點，免得被看出了馬腳就不好了。

第五章　小時回憶

因為高小琪的請託，單純的石祐林，軟磨硬泡的纏著石絜讓高小琪出房門。石祐林向來是個聽話的乖孩子，石絜從來沒有見兒子為一件事這麼執拗過，幾番發了脾氣都還趕不走。無奈之下，石絜只好答應讓高小琪在家裡走走，並要周于好好看著高小琪，不准她出石家半步。

得知這個好消息的高小琪樂得開花，差點兒沒拉著石祐林高喊萬歲。雖然，石絜只准許她在家裡走走，但至少比關在那個悶死人的小房間裡強。

然而，令高小琪意外的是，石絜所謂的「家裡」，居然這麼大！

之前高小琪曾聽周于說過，石家是經營中草藥為生的，但她一直以為是傳統那種找工人上山採藥，集中起來賣給城裡的藥商而已。直到石祐林和周于，帶著她逛完石家一圈才發現，原來石家的經營模式，已經有小公司企業化的雛型了。

貴州屬於亞熱帶高原季風的溼潤氣候，冬無嚴寒，夏無酷暑，環境特別適合中草藥的生長。再者，貴州因為地理環境特殊，工商業都不若靠海城市發達，零汙染的空氣，也使得貴州的中藥材特別珍貴。

石家就是這座山裡，最有名的中草藥商，舉凡抗癌良藥三角楓，抗腫瘤的天門冬，還有臺灣常見，清熱解毒的魚腥草和野菊花，都是石家專賣的藥種。

因為別人賣的中草藥都是到山裡採來的，量少又耗費人力，而且產量不固定，但石家卻是用栽植的方式，種出高單價、需求量大、品質又穩定的草藥。

雖然，草藥種植在中國不算什麼特別的行業，但在什麼資訊都沒有的大山裡，能想出人工栽種的方式來生產藥草，並且讓品質維持在一定的水準之上，算是思想相當先進的了。

正當高小琪在心裡暗暗佩服石絜的精明與能幹時，周于居然誇讚起石祐林的聰明。

「什麼！你說，這些都是祐林的主意？」瞪大眼睛的高小琪，不可思議的看著身邊那個笑得靦腆的大男生。

「是啊！三年前的一場大雨讓半個山塌了，還埋了不少男人，因為雨下個不停，太太沒敢再叫人上山，可藥草採不齊就交不了貨，還因此虧了不少錢，那時的太太可真是愁的腸子都要斷了。結果妳猜怎麼著，咱們少爺一句：『把藥草當菜種，不就不用上山採了嗎？』瞬時就給太太一個激靈。打從那回後，石家的草藥就開始用種的，犯不著拿命去搏了。」

沒想到，笨頭笨腦的傻小子，居然一句話就救了好幾條人命，可比聰明的人有用多了啊！

「你，好樣兒的。」佩服不已的高小琪，笑著對石祐林豎起大拇指。

第一次得到高小琪稱讚的石祐林笑得燦爛，比初見她時更開心。

「還有啊！像這天門冬經常要施肥，以往都是把豬糞水直接灑在根部，但少爺偏說天熱味道難聞，還會招來蒼蠅影響衛生，下人們只好把豬糞晒乾後埋進土裡，也免得那些叔叔、伯伯整天踩在糞水上，爛著一雙腳了。」

改善種植環境，還有環保觀念，不錯不錯。

石祐林見高小琪又認同的猛點頭，心裡又樂又害羞，周于把他講的太好了，其實法子是大家想的，他不過是見不得媽媽煩心，隨口說說罷了。

三個人又隨意的逛了一圈，可太久沒有活動的高小琪，突然覺得雙腿無力、頭重腳輕，額頭還熱得直冒汗。

石祐林見狀，趕緊將她扶到大樹下休息，周于看高小琪面色慘白，便自告奮勇回去拿水來幫她解渴。

「還好嗎？」體貼的石祐林，不斷用溼毛巾幫高小琪擦汗，都怪他沒有注意到高小琪的體能狀況，玩過頭了。

「嗯。」有些虛軟的高小琪，靠在石祐林的肩膀上，閉著眼睛休息。

雖然貴州的夏天不算酷熱，但經常待冷氣房的高小琪，特別見不得陽光，要嘛出門打傘，要嘛司機接送，就算逛街坐捷運，走地下道也熱不了。只是到了石家後，和城市生活脫節太久的她，居然忘了自己有晒太陽就容易頭昏的毛病。

昏寐的時間過得特別緩慢，原本溼涼的毛巾變得溫熱，高小琪額上的汗也不再涔涔的流，她耳邊不時傳來石祐林略重的呼吸聲，還有樹上不知名小鳥的鳴叫。

一陣涼風，擦過微微溼潤的臉龐，高小琪可以感覺到臉上的汗毛，因風而一根根豎了起來，還有空氣中淡淡的藥草味，是高小琪在青春期時，外婆常瞞著媽媽熬給她喝的那種味道。

有多久，都不曾在鄉下住過了？

高小琪幼時特別喜歡和外婆睡，因為外婆會說傳奇故事給她聽，夏天的時候幫她打扇子，冬天的時候用炭盆暖她的腳。有人陪伴的夜晚，總是睡得特別的香、特別的沉，可是高小琪的媽媽，卻老是強迫她要自己睡，說這樣的孩子長大後，才學得會獨立堅強。

自從外公、外婆去世後，爸媽就再也沒有回過鄉下的老家，高小琪經常懷念起小時被青蛙吵得睡不著睡，還有早上被小鳥叫醒的童年。只是，臺北的家裝了隔音良好的氣密窗，她再也聽不到鳥叫、蛙鳴，反而要花錢去買大自然音樂來催眠。

即使打雷閃電，高小琪也沒哭過要和爸媽一起睡，她房裡沒有任何絨毛玩具，也沒有女孩子該有的洋娃娃，害怕的時候她會抱著被子，緊緊的抱著，然後，睜著眼睛到天亮。

「外婆……」回憶中的高小琪，不自覺的抓住身邊人的手，閉著眼睛喃喃唸著。

聽到聲音的石祐林低頭看了下，發現高小琪似乎在說夢話，於是，他將她的頭輕輕的放在自己的腿上，好讓高小琪能睡得香一些。

☆☆

高小琪是石祐林見過，最漂亮的姑娘。

記得那天村長派人來說有女孩兒要賣時，石絜就拉著兒子趕緊去看貨。雖然當時天色昏暗，再加上村長防人防得緊，連個燈都不敢開，以至於石家母子，僅能靠著少許的光線挑人。

那時的高小琪，被一條鹹魚似的破被子裹的密不透風，長長的頭髮像稻草一樣雜亂，只露出個紅撲撲的臉蛋兒，模樣長得挺好，可因為石絜堅持要看身材，村長才將那條臭鹹魚的被子給丟開。

在石絜仔細檢查高小琪的同時，村長不斷稱讚高小琪的好，說她不但皮白肉嫩，而且胸大屁股又翹，肯定能生會養，就算在家裡當擺設也絕不丟面子。

石家挑媳婦兒，外表重要，但身子也要是乾淨的，石絜可不能讓個破鞋糟蹋了自個兒的寶貝。有經驗的村長，早請了產婆在外邊等著，當場驗了告訴石絜沒問題，小山和秏子見客人挑不出毛病，就獅子大開口出了個高價。

在商言商的石絜談判從不落下風，沒想到小山堅決不讓價，讓一旁等著抽佣的村長，急得直唸叨。

三人你來我往吵了好一會兒，卻完全沒有影響到石祐林欣賞高小琪的美，她像書裡描繪的仙女那樣清秀、脫俗，還有一種難以言喻的知性美，深深吸引著他的目光。

只是，她身上的衣服有些破，還有那些大大小小的傷痕，讓石祐林瞅著就心疼，再不立馬處理，萬一發炎或留下了疤痕可怎麼好。

「媽。」石祐林不大不小的朝那爭論不休的三人喊了一聲，卻沒有從高小琪身上移開過目光，「媳婦兒受傷了，我們趕緊帶她回去擦藥吧！」

☆☆

高小琪醒來的時候，周于正坐在她的對面，抱著大半的西瓜啃，清涼的水果味兒，讓乾渴許久的高小琪差點兒流口水，正當她要爬起來的時候，才發現自己是枕在石祐林的腿上睡著的。

「啊！不好意思，壓到你了。」昏睡中的高小琪，當然不知道是石祐林讓她趴腿上的，但跟一個大男生如此近距離的肢體接觸，還是讓高小琪覺得好尷尬。

「沒……沒關係！」露出淺笑的石祐林臉紅了，他偷偷伸手揉了揉自己的大腿。

沒想到，書裡講的浪漫跟現實差距居然這麼大，高小琪只不過才睡了會兒，他的腿就麻到沒知覺。

「得了得了，小夫妻恩愛還說啥不好意思，我看了才不好意思呢！」嘿笑兩聲的周于笑得曖昧，讓高小琪羞得幾乎抬不起頭。

石祐林見周于還想繼續調侃高小琪，便悶聲不響的伸手搶走他的西瓜。

「咦？作啥搶我的瓜呢？少爺。」這可是周景剛從城裡背回來的好貨呢。

「媳婦兒渴了。」擰著一張臉的石祐林，朝搶來的瓜咬了一口，又拿了塊沒有人吃過的瓜，遞給高小琪，「甜，快吃。」

感到莫名的高小琪瞧了一眼石祐林，又看了看周于，見他兩手一攤，似乎也不了解石祐林為什麼突然生氣，便拿了西瓜默默吃了起來。

三個人在外頭直待到日頭漸漸落了，石祐林才拉著高小琪的手，快步的走回家。

高小琪自幼就從高振寰那裡聽到許多經商的理論，長大又常跟著爸爸參加企業老闆間的聚會，耳濡目染久了，自然比一般人對做生意的敏銳度，高上許多。

貴州得天獨厚的地形和氣候，造就了許多珍貴的中藥材，而無論是大陸還是臺灣，對中草藥的需求量一直有增無減，若能將石家種植的高品質藥材直送到臺灣，肯定能降低透過中盤商經手的費用。如此一來，石家不但可以免去中盤商的剝削，保留更多利潤給村子裡的工人，甚至可以擴大成企業化的經營，讓大山裡的村民，脫離貧苦的生活。

沒料到不經意的逛個石家大院，就有這麼多新奇的事物，勾起高小琪的好奇心。興奮的她不禁想：只要石家和村子裡的人能脫貧，和外界建立起聯繫，或偶爾辦點觀光之類的活動，想必能吸引更多人才進大山裡來。

屆時，村民不需要花血汗錢從外地買媳婦，也不存在人口販賣的問題，自然就不再有無辜少女被拐賣了。

一想到自己可以讓許許多多的女孩，遠離被迫害的可怕命運，就讓高小琪的心裡樂得直開花。也許老天爺犧牲她一個人，正是為了拯救以後無數的少女，那麼高小琪更要加緊想辦法改變石家，改變這個村落。

雖然覺得自己還有很多事要做，但勞動一整天的高小琪，體力實在透支過頭了，本來她還想早點休息，明天再把沒有逛完的地方走一遍，但很不巧，當晚就出事了。

上完廁所的高小琪還沒走到房門口，就直接跪倒在地，渾身虛脫的她，勉強伸手拍向一旁的房門板，喊道：「祐……祐林，快，快開門。」

聽到聲音的石祐林立馬打開房門，一見全身癱軟的高小琪就被嚇到了，忙伸手扶住，「小琪，妳……妳怎麼了？」

「找……找周媽來，快！」身體蜷成一隻蝦子的高小琪，已經痛到說不出話，她用力推著石祐林，讓他趕緊去找救兵。

「好，好，我去，立馬去。」可是提腳正準備離開的石祐林，一想到地上涼，萬一讓高小琪病重了更不好，於是先把她抱到床上，這才跑去找周媽。

周媽住在院子外的工人房，邊跑邊喊人的石祐林喘著氣，一看見在扣盤扣的周媽走出門，就撲上去抓住她的手，急道：「周媽，我媳婦兒……快救救我媳婦兒……」

「小琪？小琪怎麼了？」敏感的周媽，剛覺得被抓的手腕上溼熱熱的，一抬手才發現，竟然是血。

「少爺，你流血了？」嚇急的周媽，連忙舉起石祐林的手檢查。

「血？我的手，怎麼會有血？」完全狀況外的石祐林這才想起來，是方才抱高小琪時沾上的。

「是小琪，是小琪流的血！」幾乎要驚喊的石祐林，立馬轉身衝回自己的房間。

高小琪可是石家花大錢買來傳宗接代的，現在石絜不在，周媽可不能讓高小琪在這個節骨眼兒上出任何問題，於是，也快步跟了上去。

風風火火的石祐林這一喊，把石家的工人、婆子都驚醒了，原本已經找周公聊天的周于，也顧不得話沒說完的老祖宗，直接跳下床跑來，周景則是雙手交叉於胸前，一副看好戲的樣子。

周媽進門時，石祐林已經抱著高小琪直問，是哪兒受傷了？但見咬得脣都白了的高小琪猛搖頭，怎麼都不回答。

沒有打鬥，沒摔破罐子，人躺在床上也不像鬧自殺或受重傷，舒了口氣的周媽意識到自己反應過度，於是，走近問：「妳哪兒不舒服？」

勉力睜開眼的高小琪一看周媽來了，像見到救兵，這才推開石祐林，對著周媽小聲說道：「有沒有衛生棉？我……我大姨媽來了，肚子好痛。」

見高小琪眼淚都疼出來的周媽，這才放下心，果然如此。她將搞不清楚又只會瞎嚷嚷的石祐林請到門外，並吩咐周于回家，把放在自己櫃子裡的紅布袋給拿來。

摸不著頭腦的周于，只好再跑回家。

櫃子裡的紅布袋向來是周媽專用，連他這個兒子都不給碰，怎麼高小琪一病，周媽就拿來給她用了呢？難不成，這個紅布袋是什麼祕密法寶，可以治病？

原來，山裡物資匱乏，女人們都是將吸水性好的棉布剪成條狀，再縫製成生理用品，每次用完清洗、晾乾後，再重複使用。因為周于是男生，生性保守的周媽不好解釋這種布衛生棉的用途，只好裝在紅布袋裡，禁止兒子碰。

拿到布衛生棉，又要來一盆熱水和毛巾後，周媽將兩個大男孩關到房外，再幫高小琪進行清理。

「周媽，媳婦……媳婦兒要不要緊？」可不准進房的石祐林，等不到一會兒就開始拍起門板，差一點沒把門板給敲破。

第一次娶媳婦兒的他，哪裡知道女性生理期，居然是這麼可怕的狀況，看到高小琪捂著肚子直喊疼，又不知道哪兒來的血漬，就嚇得兩眼泛紅。

「沒事兒、沒事兒，一會兒就好。」周媽嘴上安撫著石祐林，手裡卻也沒閒著，見高小琪肚子疼的厲害，便又喊著周于去熬薑糖水，順便把沾了血的床單也給換了。

「怎麼自個兒那個來也不說一聲，我可以事先替妳準備好，瞧把少爺嚇的。」周媽雖然只比高小琪大上十來歲，但從小生活在內地的她，一直都把女人的生理期當成是隱諱的事，怎麼好讓一個大男人，嚷得天下盡知。

「我的經期向來不準，可能今天吃了西瓜，就提早來了。」見周媽拿著厚厚的棉布條給她，高小琪這才意識到，這裡不可能有用完即丟的衛生棉，只好勉為其難的收下。

反正石家什麼都是共用的，浴桶、毛巾、貼身衣物，既然高小琪以前被灌輸的個人衛生觀念，在這裡全都不適用，不如將就一點，等明天再請周媽做個全新的備用。

「怎麼吃個瓜就痛成這樣？那妳每個月都咋熬的啊！」周媽也是女人，當然知道月事來的不方便，但高小琪不僅痛得臉色發白，還冷汗直流，這可不是普通現象。

「有……止痛藥嗎？」高小琪一直有痛經的毛病，但看過幾次醫生，檢查了都說沒問題，她只好一直靠止痛藥來緩解。

「止痛藥？大山裡哪有那種洋玩意兒。」周媽弄了條熱毛巾，捂在高小琪的肚子上，安慰說：「忍著點兒，待會兒喝些薑糖水就好了。」

薑糖水高小琪以前就試過了，根本沒有用，該死的是她忘了自己生理期的時間，居然還吃了透心涼的西瓜，現在沒止痛藥吃，她可能真的會痛到死！

剛換好新床單，高小琪就抱著棉被蜷在床上，周媽才剛開房門，石祐林就撲火似的衝了進去。

「等等，少爺。」周媽伸手攔住了他，女人生理痛，男人只會礙手礙腳的，一點忙都幫不上，「今晚你還是到別處睡吧！」

「我不！我得陪媳婦兒。」石祐林的態度堅決。

周媽想想也對，小倆口以後的日子是要一起過的，總不能怕嚇著少爺就把他趕走，「好吧！晚些你給小琪喝點薑糖水，儘量別吵她，她累了自然就睡了。」

點頭的石祐林沒等周媽說完，就奔到床邊，守著媳婦兒去了。

本來還擔心一驚一乍的少爺會給人添亂子，但沒想到，他很體貼的替高小琪搥背揉腰，好舒緩她肚子痛的不適。這個傻少爺看似什麼都不懂，甚至連句甜言蜜語都不會說，但周媽看得出，他心裡是真疼高小琪的。

關上門，周于還一臉焦急的杵在房門口。

「沒事給小琪吃什麼西瓜？看你爸明天不抽死你。」揚起手的周媽一巴掌拍得響，周于黝黑的左臂上，立即紅了個五爪印。

「瓜是少爺給的，作啥打我呢？」搓了搓左臂的周于一臉委屈，不是他犯的錯幹嘛要挨打、抽鞭子？況且，石家老老小小哪個女人沒吃過瓜，也沒見誰哭天喊地的叫肚子疼。

難不成，城裡來的姑娘腸胃特別脆弱，還是，高小琪有什麼不為人知的隱疾？

「明早去把古大夫給請來，太太不在家，凡事得機靈點兒，多做事、少惹麻煩，懂不？」

敏感的周媽似乎也察覺出高小琪的不尋常，所以，她得趁太太出門談生意時，趕緊把高小琪的問題給弄清楚。

第六章　陪你一起

古大夫是這座大山裡唯一的醫生，常年鑽研藥草學的他來到貴州後，就被這裡豐富多樣的物種給吸引。

石家早年經常免費提供他特殊的藥草製藥，除了將配方賣給城裡的藥廠，也會製成藥丸分送給大山裡需要治病的人，因此，他可說是山裡人人尊敬的活菩薩。

石家向人口販子買媳婦兒的事，古大夫自然也聽說了，縱使他清楚這是種違法行為，但身為一個外來客，很多風俗文化並非他可以左右，外人也很難用法理去釐清。

只是古大夫好奇，究竟是怎麼樣的女孩兒，可以同時入得了自視甚高的石絜的眼，還能得到石家傻少爺的青睞？

一早就來到石家的古大夫，沒有讓周媽叫高小琪出來，而是先到後院逛完一圈後，才坐在客廳裡，悠悠的喝著熱茶等小倆口起床。

痛得死去活來的高小琪折騰了一個晚上，可陪在她身邊的石祐林也沒好到哪裡去，兩個人直熬到天都魚肚白了，才昏昏睡去。

自從來到石家後，擔心貞節不保的高小琪夜夜睡不安穩，即使後來發現心智還在兒童階段的石祐林，對自己不太有威脅，但她依然得用被子裹得緊緊的，才能睡得著。可是昨晚的她實在痛到失去警覺心，以至於醒來的時候，才發現自己居然是窩在石祐林的懷裡。

「啊——」嚇的不輕的高小琪，反射性的將兩手一推、雙腳一蹬，直接把身邊的石祐林給踹下床。

「唉唷！」還在昏睡的石祐林莫名其妙的被踹，毫無防備的他，重重的從床上摔下，還差點撞到床邊的柱子。

雖然，高小琪曾三申五令的規定石祐林睡覺不准靠近她，也不清楚為什麼自己會被石祐林抱著睡，但一看見他痛得慘叫，還是很不忍心的問道：「你……你，不要緊吧？」

「不，不打緊。」幸好石祐林睡的不沉，再加上高小琪這一腳力道也不是很大，只是手肘有點兒擦破皮。

正想爬起來的石祐林感覺右肩一緊，半條手臂又麻又痛，他不自覺的抬手甩甩肩，正要問高小琪肚子還疼不疼時，守在門外的周于已經拍門喊人了。

「少爺，發生什麼事了？」聽到慘叫聲的周于急了，難道少爺也鬧肚子疼？

「沒事兒。」站起身的石祐林先打開門，他知道周于平時雖然不幹什麼正經事兒，但還是很在乎他這個少爺，他可不想房門被敲破。

「真沒事兒？」周于仔仔細細的打量了石祐林好一會兒，才說：「我媽見小琪肚子疼得厲害，讓我請了古大夫來給她把脈，小琪好點兒了嗎？」

語畢的周于正想進房裡探望，誰知石祐林將手一張，嚴肅的回說：「媳婦兒我待會再帶過去，你先請古大夫在廳裡喝茶吧！」

被擋在門外的周于愣了一下，才猛然領會到石祐林的意思，撓撓頭的他「哦」的一聲轉頭離開，直來到大廳前才突然想到，咋剛才的那個少爺，跟以前話少的少爺，好像不是同一個人？

睡了一覺後的高小琪，肚子沒昨晚那麼疼了，但還是有些悶痛，周媽一大早就熬了鍋加了老薑的雞湯，高小琪勉強的喝上一碗，精神才恢復了些。

高小琪從小毛病就多，經常頭痛、肚子痛，但不管去哪家醫院，做什麼檢查都說沒有問題。因此，媽媽就把她的病痛當成是無病呻吟，或討關愛的幼稚舉動，久而久之，就養成了高小琪能忍就忍，不能忍就吃止痛藥的壞習慣。

所以，當石祐林說找了大夫要給她看病時，她還以為是醫院裡的醫生，沒想到，居然是個頭髮全白的老頭子。

石絜不在家，周媽只好幫著了解一下狀況，周于本想留下來湊熱鬧，卻被石祐林打發去做別的事。

伸出手的高小琪，滿腹疑問的坐在那個一頭白髮，臉色卻像嬰兒般紅潤的古大夫身邊，大氣都不敢喘一聲。大廳本來就沒什麼人出入，一旁的周媽和石祐林，緊盯著古大夫把脈的手，更是一句話都不敢多問，一時間，整個空間安靜的連根針掉下去都聽得見。

「脾虛、胃寒、宮冷，常吃生冷的東西，喜歡吃冰，夜半不睡，晨起太晚，三餐不定食、不定量，神經緊繃，經常失眠。」古大夫抬頭看了高小琪一眼後，嘆了口氣，「小姑娘，妳的文明病還真不少啊！」

聽老人家念了這麼一長串，除了前幾個字不懂意思外，越聽越心驚的高小琪不禁瞪大眼，這醫生簡直是神，把她的生活惡習全給說中了。

心虛的高小琪低下頭，周媽便知道，古大夫說的症狀八九不離十，於是開口問道：「難治嗎？」

「不難治。」古大夫又指指高小琪的另一隻手，繼續把著脈。

「早上煮些粳米粥或地瓜粥給她吃，雞湯裡多加些山藥和大棗，每隔三日用麻油爆薑片炒鴨蛋，或炒飯吃。所有的瓜類都不能碰，煮成湯也不行，禁食生菜和冷食，包括冰。」

要死了，涼菜和生魚片是高小琪的最愛，再加上，夏天不吃冰怎麼消暑？

小七今年肯定會出很多新口味的冰淇淋，平時她都是一天一支的，怎麼可能不吃？

悲催的高小琪，在心裡暗暗叫苦。

「還有，晚上十點前要就寢，早上七點前要吃早餐，每日至少步行一萬步。」古大夫睨了一眼臉色超難看的高小琪，嚴肅的說道：「小姑娘，止痛藥已經大大的傷害了妳的肝和腎，絕對不可以再吃了。」

這麼神，連吃止痛藥的事他都能把得出來？

不對，肯定是周媽事先告訴他的。

如果飲食可以解決經痛的問題，高小琪還可以勉為其難接受，但是日行一萬步，也太強人所難了……

「媳婦兒怕晒，走不了那麼遠。」石祐林看出高小琪的為難，主動開口。
「打傘啊！少爺。」原本擰著一張臉的古大夫，對著石祐林和藹的笑開，「媳婦兒不就是娶來捧在手心上的嗎？別家漢子還巴不得整日整夜的黏在媳婦兒身邊，你還不趕緊些？」
古大夫這突然的一打趣，讓心疼高小琪的石祐林羞紅了臉，他本來就二十四小時跟在高小琪身邊，難道還不夠嗎？
高小琪本來還不覺得古大夫的話有什麼特別的意思，但見石祐林含情脈脈的盯著她看，也不自覺的跟著臉熱。
「還有，周媽，別再給你們少爺吃補啦！再補就要腦溢血了。」幫高小琪把完脈的古大夫朗聲，故意把嗓門兒開得大，怕別人沒聽見似的。
站在一旁的周媽一楞，不禁轉頭瞧了眼不知所以的石祐林，就連坐著的高小琪聽醫生這麼一說，也忍不住擔心的抬頭看向他。
「我，我沒事兒。」莫名其妙被點名的石祐林，忙揮手否認。
「再吃就有事兒，你心火太旺，沒見眼圈兒都黑了嗎？」
古大夫沒理會石祐林的辯解，對著周媽直說：「叫妳家太太別管小倆口的事，水到自然渠成，揠苗助長，小心得不償失。」
還在腦子裡細想少爺有什麼問題的周媽，見古大夫準備離開，也忙跟著走了出來，「古大夫，恕我多嘴問一句，小琪她……能生得出孩子吧？」
「旱田能種出什麼莊稼來？晚些找人到我那兒取藥，吃完了我再來吧！」哼笑兩聲的古大夫，揚起花白的眉毛，像個不染塵世的得道高人，飄然遠去。

石絜進城得幾天後才會回來，臨行前，她特別交代周媽得把高小琪看緊一點，千萬別讓人給跑了。周媽自然曉得事情的輕重，於是，吩咐周于得寸步不離的守著少爺和高小琪，誰知道，竟惹得石祐林不高興。

周于以為少爺是在氣他沒事弄了個西瓜，害高小琪肚子疼，問題是——瓜是少爺自己給高小琪吃的，關周于什麼事？

總之，石祐林不喜歡周于靠近高小琪，所以，乾脆陪她窩在房裡不出門。

周媽沒忘記古大夫的叮囑，她讓廚房多弄些溫補的飲食，再加上中藥湯給高小琪調身體，就這樣休息了幾天，高小琪這幾年經期一來就腹痛腰酸的毛病，居然都不見了。

從來沒有看過中醫的高小琪，第一次發現這種傳統醫學的神奇。

記得小時候，外婆也常叮囑她不要吃生冷的東西，西瓜只能在盛夏的午後吃，不但要早睡早起，還要多走路、多晒太陽。

到了青春期，外婆偶爾就會熬一些八珍、四物等中藥湯給她喝，雖然，媽媽極力反對這種沒有醫學根據的舊觀念，但每次一喝完，高小琪經痛的症狀就明顯減輕很多。

就像現在，她感覺整個人精神飽滿，體態輕盈到想飛。

因此，高小琪拉著石祐林，直奔種植藥草的小山坡，她想多瞭解一些中藥的種類、藥性和功效，如果有機會的話，她甚至想請教古大夫，聊聊更多有關中醫的知識和療效。

高小琪和石祐林跑的匆促，以至被遺落在牆腳的周于沒跟上，可在興頭上的高小琪，問了石祐林許多藥草名稱他都答不上，光是一個勁兒的替她打傘、遞溼毛巾，忙得不亦樂乎。

有些失望的高小琪走到樹下，突然覺得，如果石祐林能像周于一樣陪她無所不談，該有多好。

「祐林，除了下棋，你還懂些什麼呢？」既然周于稱讚他好學又聰明，應該還記得一些十歲以前的東西吧！

然而，對高小琪突如其來的發問，石祐林卻顯得有點兒局促和靦腆，想了許久才說：「我會背詩。」

該不會是什麼四書五經吧！高小琪對那種舊東西沒興趣。

「還有呢？」

「畫畫。」

想起小時候被媽媽押著上美術班的痛苦，高小琪不禁頭皮發麻，「除了舞文弄墨，你還會點什麼？」

雖然高小琪努力耐住性子，可是臉上的不悅，還是讓坦誠告知的石祐林有些難堪，他想了又想，才囁囁說道：「那個……看……看星星。」

「看星星？」看星星算什麼鬼？石祐林是在嘈她嗎？高小琪有些激動了。

「那個……夜晚的星星很美，我睡不著的時候，就會去看星星。」不敢看向高小琪的石祐林越講越小聲，這是他隱藏在心裡多年的祕密，除了高小琪，他沒有告訴過任何人。

見石祐林又開始低頭絞著十指，高小琪才意識到自己反應過度了。

現在的石祐林就像個天真無邪的孩子，喜歡接觸大自然是很正常的事，反觀她這個住在水泥叢林裡的都市人，都忘了大自然的景色才是最迷人的。

以前的高小琪總認為，現在的人類已經無法離開文明世界而活，舉凡生活、學習、交友、娛樂，無一不依賴手機和網路。可是自從被賣到石家後，不要說上網，就連唯一的通訊設備——電話，她都沒有機會使用。

然而奇怪的是，那些因為3C產品產生的恐慌和空虛感，頓時都消失了。比起時時刻刻都要擔心有沒有訊息傳來，或是已讀晚回引起朋友的誤會，高小琪第一次覺得，沒有距離的談話，比堆砌出來的文字更加真誠。

就像現在，說「喜歡看星星」這種幼稚行為的話，從石祐林的口中說出來，卻感覺不出有任何虛假的偽裝或做作。

「你都自己一個人去？」放低音調的高小琪有些同情起石祐林，石家沒有別的孩子，儘管周于和他要好，但畢竟主僕身分有別，高小琪自己也是獨生子女，最了解這種孤單寂寞的感受。

「嗯，要等大家都睡了才好。」就怕被別人發現似的，石祐林瞄了一眼左右，才又繼續說：「我還知道哪個位置可以看到最多星星，咱們晚上一起去，妳說好不好？」

不知道大山裡的星空，跟繁華的臺北有什麼不同，好奇的高小琪對著石祐林點點頭，爽快的說聲：「好。」

貴州的夏夜，雖然少了臺北的擁擠與悶熱，卻多了不知名的蟲鳴和夜鶯的啼叫，讓高小琪這個城市土包子，嚇得一路緊抓著石祐林的手，一刻都不敢放開。

由於小路沒有夜燈，路況不明又難走，而石祐林僅以一盞微弱到只能看到一米處的油燈領路，比高小琪高中畢業旅行夜遊廢墟的行程，還要恐怖、刺激。

濃密的樹蔭遮住細眉般的月光，帶著青草香的微風出奇的涼爽，莫名的緊張讓高小琪的一顆心怦怦跳個不停，為什麼看似平凡的石家後院，在晚上居然會呈現出這樣獵奇的樣貌？

可憐的石祐林，手臂被高小琪的指尖掐得疼，他只好「拔開」那修長的五指，將她的手反握在自己掌心。

從小到大，他總是一個人走在這條寂寞小路，讓浩瀚星空陪伴他孤單的心，可是今晚，他終於找到了一個伴，一個他非常喜歡、甚至想獻出所有的女孩兒。

興奮的石祐林越走越快，他帶著高小琪爬上有些顛簸的小山坡，指著至高點上的兩棵大樹喊道：「就是那裡。」

順著石祐林指的方向，兩個人手牽著手直奔坡頂，但見一片幽藍的布幕垂掛在廣闊的天際，而滿天星斗就像撒落的玉石似的，一閃一閃的熠熠生光。

望向遠處，蜿蜒的銀河像是仙女手中舞動的彩帶，隨著游移的目光變化著各種絢麗的色彩，更仔細一看，又像古代仕女身上披的薄紗，若隱若現、如夢似幻，彷彿要在這杳無人煙的大山裡，盡情展現她迷人的風華。

「哇！好漂亮。」第一次欣賞到如此壯闊又美麗星空的高小琪，忍不住發出好幾聲讚嘆。

即使旅遊過不少國家，也去過很多著名的觀光景點，但高小琪從來沒見過純淨到沒有一點兒光害的星空。而且，石祐林挑的這個地方完全沒有任何遮蔽，高小琪甚至可以感受到天地宇宙的運轉，正在她眼前慢慢的行進。

「嗯。」緊緊握住高小琪的石祐林，微微的勾起一抹笑。

他拉著高小琪坐到大樹底下，靠著偉岸的樹幹，仰望無比燦爛的星空，在這有人陪伴的夜晚，令他感覺到——好幸福。

雖然石祐林不擅言辭，也不像周于那樣滔滔不絕的嘴碎，但僅僅是一句喜歡看星星，就足以打動高小琪的心。因為高小琪以前住鄉下時，也喜歡和外公、外婆拿著木板凳，坐在瓜棚底下，一邊喝著愛玉，一邊數著天上有多少顆星星。

兒時的星空是神祕、壯闊的，也是綺麗、浪漫的。

對當時的高小琪而言，那一顆顆閃耀的璀璨裡，有著外公說不完的神話傳奇，還有許多長大才明白的忠孝寓意，那是百萬個為什麼都無法解釋的奧祕，是網路圖片永遠無法取代的美麗。

可惜，時間帶走太多珍貴的回憶，不知道從什麼時候開始，高小琪不曾也不想抬頭看臺北的夜空，即使高樓林立的臺北，從來不缺少絢麗的燈光，但永遠比不上鄉下那純淨的天然。

風，靜靜拂過高小琪單薄的衣衫，也讓她臉上的溼潤更加冰涼。

從來沒想到，還有機會可以再次重溫兒時舊夢的高小琪，將頭靠在石祐林的臂膀，輕聲說道：

「以後你不孤單了，我陪你一起！」

第七章　傳宗接代

向來習慣當電燈泡的周于，自從被石祐林踢出他們的兩人世界後，生活突然變得無聊又無趣。但礙於自己老媽的囑咐，又不能去幹別的活兒，只好遠遠的跟在小夫妻倆的身後，當個悄無聲息的跟屁蟲。

然而，就在周于退出以往的三人行後才發現，高小琪和少爺的感情，似乎越來越好了。

就像現在，撐著傘的少爺和高小琪肩並肩的走著，但見拿著溼帕子的高小琪，比手畫腳的講得一臉熱切，而少爺始終保持微笑的看著她，並時不時的點個頭，表示認同和讚許。

更奇怪的是，高小琪彷彿根本不在意，少爺到底聽不聽得懂她正在說的是什麼。

令周于想不通的是，記得高小琪初賣到石家時，還不惜用絕食拒當生孩子的工具，而今才幾個月時間，他的傻少爺就能讓這個漂亮又聰明的城市小姑娘，斷了逃跑的念頭，心甘情願的留在石家。

難不成，像村子裡的漢子打趣說的那樣，男人只要占了女人的身子，就等於占有了她的心？

話說，自從高小琪和石祐林一起去看了星星後，兩個人的感情的確是變好了。

即使，高小琪問的事有很多石祐林都答不出來，但他有一間媲美小型圖書館的書房，裡面的藏書，足以應付高小琪對藥草學的需求。所以，每當高小琪對哪一種藥草有興趣，石祐林就幫她找到可供參考的書籍。

可是，高小琪學習的速度太快了，書本上有限的知識根本滿足不了她，於是，高小琪便興起了向古大夫學習中醫的念頭。只是，這回連石祐林都不敢點頭了，因為，買來的媳婦兒在沒有生下孩子之前，是絕不允許離開夫家的。

這讓高小琪無言了，別說石祐林連怎麼生孩子都不懂，但憑高小琪直到現在也還無法接受，把生小孩這麼慎重的人生大事，當成買賣來看待。可是無論她怎麼吵鬧、怎麼發脾氣，石祐林就是不帶她出家門，高小琪沒辦法，只好守在家裡等著古大夫來幫她看診。

「小姑娘，大怒傷肝，性急傷身，妳的性子得再放緩一些才好。」瞇著眼的古大夫講的雲淡風輕，只是，坐在一旁豎著耳朵的石絜直盯著高小琪瞧，讓她如坐針氈。

「嗯。」本來憋著一肚子問題要問古大夫的高小琪，在見到石絜那張嚴肅的臉後，全都嚥了下去，一個字都不敢多說。

「古大夫，這丫頭都買來好幾個月了，到現在連顆蛋都下不了，該不會有什麼問題吧！」石絜的話問的直白，讓一旁的高小琪驟然感到一陣臉熱。

「她是人，又不是禽鳥，如何下得了蛋？」古大夫指指高小琪的另一隻手，繼續悠然的把脈，對石絜的問題不以為意。

可是，古大夫的回答卻讓石絜喉頭一噎，差點兒說不出話來。

高小琪的身體狀況可大可小，若單純只是身子骨差了點，以她石家的藥材要吃多少都不是問題，但若是不濟事，那當娘的石絜，斷不能因此白白浪費了寶貴兒子的青春和時間。

於是石絜正色道：「我現在問的是正經事兒，這個丫頭，到底能不能給我們石家傳宗接代？」

「這麼急，不如妳自己生？」把完脈的古大夫，不理會氣得臉色發青的石絜，轉頭對高小琪說：「脾虛的狀況還是不好，妳得再多吃一點，不能吃生冷的東西，少食酸，懂不？」

「嗯。」再吃真要變母豬啦！高小琪暗暗捏捏自己粗了一圈的腰，好想哭。

「每日再多走五千步，晚飯後也去散散步，好眠。」古大夫揮揮手，示意高小琪出去。

「好。」在心底流淚的高小琪點點頭，她的修長美腿不保了，再走下去鐵定變蘿蔔。

石絜本想攔住高小琪問話，誰知道，古大夫將手上的檀木扇子一伸，將她擋了下來，「何苦為難一個小姑娘？」

「她是我花錢買來的丫頭，哪兒來的為難？」氣呼呼的石絜站起身，對古大夫胳臂往外彎的行為，不以為然，「我每日供她吃、供她住，侍候的像個奶奶，現在不過是要她幫石家生個孩子，過分嗎？」

「當年妳家老太爺買了李思鵬回來時，妳是怎麼著？還不是死活不依，哭著要上吊？」古大夫回想起那段情景，不禁又瞇起眼睛，「人人都說李思鵬長得高大又俊美，妳偏是一眼都不肯多瞧，若不是老太爺強逼你們圓了房，又怎會有祐林這孩子的出生。」

「別跟我提那個狼心狗肺、吃裡扒外的東西，他不是人。」咬著牙根兒的石絜，恨恨的說。

「唉……買來的婚姻註定不會有圓滿的結果，經歷過一回的妳，又何苦逼另一個孩子跳入同樣的火坑？」古大夫認識石絜也不是一天兩天了，若不是她執意將石祐林留在這座偏僻的大山裡，那麼這後來許許多多的事，興許就不會發生。

「你懂什麼？無妻、無兒又無女的你，哪裡懂得我為人母親的苦心？當年若不是那個白眼狼傷了我們家祐林，以祐林這麼好的條件，還怕找不到門當戶對的好姑娘？」一想起那些痛苦不堪的往事，石絜的淚就潰堤。

「他倒好，跟著那個沒臉的狐狸精跑了，留下我們娘兒倆在大山裡相依為命，石家若不是還有這片山林當依靠，哪還有今日的好光景？」抽出袖口裡的帕子，獨自辛苦撫養兒子的石絜忍不住委屈。

「要我說，不如讓祐林跟著妳到城裡見識見識，老把他關在這座大山裡，以後怎麼會有出息？」這件事古大夫提過不只一次，男人的眼界終究要放得寬，路才走得長遠，他不希望石祐林和那些採草藥的漢子一樣，看天吃飯一輩子。

「那不行！」無論古大夫講多少次，石絜依然一口否決，「城裡的誘惑太多，如今我只剩祐林這一個孩子，他若是再跑了我咋辦？絕不行！」

古大夫本想再說，可是石絜將帕子一揮，冷冷的說：「別仗著你和石家的關係好，就想來干涉我們家的事，我就是死，也絕不讓祐林離開這座大山一步。你要是敢多事，就別怨我不顧念這幾十年的交情，哼！」

因為古大夫堅持不肯透露高小琪的身體狀況，讓石絜更加懷疑高小琪懷不了孩子。雖然高小琪的教養好，人又聰明，但與其養一隻不會下蛋的母雞，倒不如趁早把她賣了，再買一個。

下定決心的石掔，讓周景去找村長商量這件事，只是，當初石家買高小琪的價錢可是一般姑娘的好幾倍，山裡再缺媳婦兒，也沒有人出得起。於是，村長只好託人回頭去找小山和秏子，讓他們想辦法把高小琪賣到別座大山去。

只是周景的嘴巴不牢靠，就在晚上對周媽嘀咕，為了高小琪的事張羅、跑腿個沒完時，把石掔交代要保密的事，全都抖了出來。

「妳說，太太花大錢買媳婦兒圖的是啥？不就是生個兒子好傳宗接代嗎？這下可好，原以為的金雞下不了蛋，就連隻秏子都見不著，還白白浪費了少爺那麼多精力，太太這回可真是虧大了。」

兩手交疊枕在後腦勺的周景躺在炕上，翹著一隻腳晃啊晃的，另一隻腳則讓周媽用溼毛巾擦著。

「古大夫並沒有說小琪不能生養，太太這個決定，會不會下得太快了？」即便周媽也懷疑過高小琪不能生育，但她在吃了古大夫的藥後，經痛的問題確實已經改善了，太太實在沒有必要這麼心急。

「石家就少爺這一根獨苗兒，想想這幾年太太左盼右盼，好不容易才盼到一個看起來中意的姑娘。古大夫雖然沒說那丫頭不能生，卻也沒說啥時可以生，這左等右等，萬一讓咱們少爺等成了老爺，太太要怎麼向石家的祖宗告罪？」

不孝有三，無後為大。

周景至今依然記得，當初要不是石老太爺可憐他奔三十了還打光棍兒，發善心出錢讓他買了現在這個媳婦兒，他哪有周于這個兒子？

再說這些年，賣到山裡的姑娘一年不如一年，少爺的年紀不小了，太太若不再趕緊些，恐怕石家就真要斷後了。

「那……村長有說，啥時帶人走嗎？」周媽雖然捨不得高小琪，但心裡卻很清楚，太太一旦做了決定，任誰來也說不動。

「估計明天就會來了。」擦淨雙腳的周景翻了個身，將剛收拾好的周媽壓在身下，粗糙的五指貪婪的揉著她胸前的兩團軟肉，還止不住的喃喃咒罵。

「奶奶的，每天看著臭丫頭和那個傻小子親親熱熱的，老子這心裡就窩火，待明兒一過，傻小子就只能抱著被子哭鼻子了，嘿嘿……」

長久以來，周景對石家始終有著嚴重的矛盾情節，因為石家，他不用像村裡大多數的漢子一樣，冒著風雨和生命危險上山採藥，但也因為石家，讓他在石祐林身上看到更多的不公平。

一個又笨又呆、什麼都不懂的傻小子，憑什麼坐擁石家龐大的財產，卻不用工作？就因為他是石家的子孫，石絜的兒子？

不過，就算石絜再能幹，也挑不到跟她一樣聰明的媳婦兒，老天是長眼的，誰得到了哪些東西，就註定要失去更多。

感覺石家正要遭報應的快感讓周景興奮起來，他一手揉著周媽不算豐滿的胸部，一手直接撩起她的那條舊裙襬。

雖然是十幾年的夫妻，但周媽還是很厭惡沒洗澡的周景碰她，便推說：「我累了，先睡吧！」

「奶奶的，每次碰妳都說累，想憋死老子不成？」周景反射性的一巴掌朝周媽的耳邊搧過去，並伸手用力一扯，將周媽的衣領給扯開，「就妳這像根竹竿兒似的身子板，要不是老子沒錢買更好的，還輪得到妳嗎？」

周景一邊罵，一邊低頭咬著周媽的敏感，那滿臉未剃淨的鬍渣，刺得周媽的肌膚泛紅，可是她知道如果拒絕周景的求歡，就會遭到更多毒打。

雖然房裡的燭火滅了，可是周景的雙眼還是像火炬一樣燒著，飢渴的他，七手八腳的把周媽扒個精光，然後脫了自個兒的褲子，將腰用力一挺，才忍不住悶哼了一聲。

沒有滋潤的進入，讓周媽的下體疼的像撕了開，但一想到周于可能已經回來，就只好咬牙忍著，免得讓一簾之隔的兒子聽見。

可是周景才不管這麼多，乾澀的甬道雖然不那麼舒服，但緊緊的包覆卻讓他的慾望更加勃發，他迅速的提起腰桿兒，重重的撞進周媽乾涸的腿間。

婆娘都是這樣，啥勞什子矜持，就算周媽不如別的婆娘體態豐腴，但至少給他生了個兒子，石祐林買來的那個臭丫頭即使美若天仙，可生不出孩子頂個屁用？

一想到這裡，直覺出了口惡氣的周景就更來勁兒了，他把周媽翻了個身，然後像隻發情的公狗似的，不停的擺動腰臀，盡情宣洩。

疼得直冒汗的周媽被周景弄得受不住，低聲喊道：「你，你輕……輕點兒。」

「輕了咋叫妳舒服？老子偏要用力的睡妳，誰叫妳老是像條死魚。」

周景雖然只有周媽一個女人，但從別的漢子那裡也聽說過不少夫妻間的事，偏偏他在周媽的身上感受不到，更別提啥是水乳交融、欲仙欲死那種滋味兒。

但身為一個男人，不能讓自個兒的女人動情，也算是一種嚴重的挫敗。即便周景再怎麼努力用暴力征服周嫣，奈何他根本不懂，沒有愛的性，就跟強姦沒什麼兩樣。

第八章　二度被賣

平時的周于，總是在外頭瞎混到半夜，這晚因為雲多遮蔽了月光，大伙兒都早早回家休息去了，他才準備回房睡覺。

一想到石祐林最近的反常，周于就覺得又氣又委屈。虧他還把少爺當成自己最要好的朋友、哥兒們，結果有了媳婦兒後，見色忘友的少爺，就狠狠的把他一腳踢開。

村子裡和周于同年紀的姑娘不多，就算有，也不如高小琪那樣見多識廣。高小琪是周于見過最漂亮的姑娘，人美、性子也好，將來一定能把石家經營的比太太更出采。

可是，剛回到房間的周于，卻聽到自個兒的老爸說，太太要把高小琪給賣掉！

周于的這一嚇可不輕，好好的女孩兒都給睡了，才要賣給別人，這怎麼都說不過去啊！再說，如果少爺知道太太要把他的媳婦兒給賣了，不哭死才怪。

將剛才對石祐林的牢騷拋諸腦後的周于，二話不說，非常講義氣的跑去通知少爺這件事。

「叩叩叩！少爺。」儘量放低音量和姿勢的周于，提心吊膽的在石祐林房門口，敲了許久的門都沒有人出來，敢情小夫妻倆睡死了，沒人聽見。

「少爺，再不開門，你媳婦兒就要保不住啦！」扯著喉嚨的周于再敲，這萬一把太太給吵醒，他腦袋會先保不住。

「咿啞！」一臉惺忪的石祐林打開門，撓著頭張望了下左右，才發現蹲在地上的周于。

「咋是你？我還以為是哪隻傻耗子自個兒來撞門。」打從石祐林知道高小琪怕耗子後，家裡的耗子幾乎都被滅絕了。

「我的好少爺，有哪隻耗子會傻到自個兒來撞門的？」周于在心裡暗暗叫苦，並趕緊把石祐林拉到門外，掩嘴悄聲說道：「太太要把小琪給賣了，正讓我爸找村長辦這件事兒。」

一聽到高小琪要被賣掉，還在迷糊狀態的石祐林瞬時就驚醒了，慌亂的他往房裡瞧了瞧，見高小琪睡得香，忙把周于拉得更遠些，「為啥呢？」

「我爸說小琪來這麼久都懷不了孩子，身子肯定有問題，所以，太太要把她賣了，再買一個。」

「這……她一個人能懷得了孩子嗎？」情急的石祐林話才一出口，周于就瞪著眼睛猛盯著他瞧，讓差點露出馬腳的石祐林，一下子降低了聲響，「我的意思是，身子不好，吃藥不就得了。」

「可是太太不這麼想。」一種莫名的猜疑心，讓周于不斷打量起，眼前這個熟到不能再熟的少爺。

聽少爺剛講的話，好像有著另一層意思，周于只好把他知道的都說出來，「我媽偷偷問過古大夫，似乎也暗示小琪不容易懷孩子。」

「不是這樣的。」幾乎要跺腳的石祐林急了，可是他又不能說出真正的原因，「能讓周爸把這件事兒緩一緩嗎？」

「你知道，我爸只聽太太的。」此時的周于，有些後悔來找石祐林商量這麼重要的事，成天只會跟在媳婦兒身後遞帕子的傻少爺，哪能想出什麼好法子？

「你明天去找古大夫來，讓他跟我媽證明小琪沒事兒，好不好？」想不出有啥辦法的石祐林，只能求周于幫這個忙了。

「嗯。」周于嘴上雖然答應了，但心裡卻很明白，找古大夫這件事不難，就怕太太聽不進去。古大夫的脾氣古怪，太太的性子又固執，兩個人要不是有利益往來，怕是一句話也說不上。只是，現在能說服太太，高小琪還有留在石家價值的人，也唯有古大夫一個了。

隔天一早，周于便趁著石家人忙活兒的時候，打算偷溜出去找古大夫，卻不巧看見自己的媽，一跛一跛的向廚房走去。周于本想避開，可是又擔心周媽是不是哪裡不舒服，因此打住了腳，誰知道腦袋才這麼一耽擱，就被周媽給逮個正著。

臉色不好的周媽一手揪住周于的耳朵，揚聲罵道：「臭小子，叫你看著人，一大早亂跑個啥？」

「啊！好痛，媽妳輕點兒。」怕驚動更多人的周于，即使疼也不敢喊出來。

可是平時最會藉機瞎嚷嚷的兒子，這會兒反而低聲下氣的不敢聲張，不禁讓周媽起了疑心。

近來石祐林跟高小琪處得好，石家上上下下都認為這城裡來的姑娘開竅了，終於願意留在石家生孩子，可原本和高小琪打得火熱的周于，卻悶悶不樂。

有兒子的周媽當然看得出來，是石祐林刻意讓高小琪疏遠周于，畢竟他們倆年紀相當，周于嘴賤又會逗女孩兒開心，任何男人都不希望周于這樣的男孩子，過於接近自己的媳婦兒。

況且周于年紀不小了，雖然模樣長的還不錯，也很努力幹活兒，但周景是石家的長工，自己連間像樣的房子都沒有，日後娶來的媳婦兒，還要和他們一樣繼續替石家幹活兒，山裡的姑娘可能也沒幾個願意。

但周于畢竟是個正常的男孩兒，看到漂亮的姑娘，總想著和對方多說幾句話，周媽就怕兒子一不小心逾越了界線，到時要惹得太太不高興，就不是他們一家三口能擔待的起的。

尤其在得知太太對高小琪的不滿後，周媽更怕兒子會為了高小琪而惹禍。

「別以為你這小子想瞞著我偷偷的幹些啥，不准你打小琪的主意。」周媽毫不留情的一巴掌打向周于的腦袋，都說不打不成器，她得讓兒子清醒些。

「唉唷！我的媽，妳想哪兒去了。」動不動就打人腦袋，人都要給打笨了。

「瞧你這副賊頭賊腦的樣子，準沒什麼好事兒。」雖說打在兒身痛在娘心，但周媽也不能不提點著周于，免得他犯下大錯。

「我這回幹的是好事，媽妳別攔著我，再不走來不及了。」周于想跑，卻逃不過周媽的五指山。

「啥事來不及了？說清楚才能走。」看周于急的滿頭大汗，好像要發生什麼不得了的大事，周媽可不能任由這臭小子胡來。

周于本就不是憋得住話的人，見知情的老媽又一副事不關己的樣子，更加有火，索性一股腦兒把昨晚偷聽到的話，全給翻了出來。

「小琪就要給太太賣了，難道妳一點兒都不著急嗎？」

見兒子壓住性子低吼，周媽瞬時一楞，「那……那個，你知道了？」

「是，幸好我知道了，要不少爺沒了媳婦兒都不曉得找誰哭去。媽，同為女人，妳明明知道這麼做不對，咋不阻止太太呢？」周于畢竟年輕，為了替兄弟打抱不平，就連自個兒的老媽都敢叫板。

「咱們吃石家的、住石家的，太太有啥事，輪得到咱們這些下人多一句嘴嗎？」經兒子這麼一數落，身為長輩的周媽惱羞成怒，揚起手，作勢又要打，「我看你這小子越來越不像話，連太太的事也敢插手。」

可是沒想到，高她一個頭的周于，輕易的就用手擋下了。

「媽，我雖然吃石家的米長大，但沒有因此變得是非不分，小琪被賣到石家，是村長和人口販子數的錢，小琪根本不欠石家啥。現在，一個好好的姑娘家都給人睡了，才說要退貨，你們這不是等於逼著她去死嗎？」

「夠了，周于，這是大人的事，你懂個啥？」收回手的周媽氣的渾身打顫，她不懂，這個平時只會耍嘴皮子的兒子，什麼時候也懂得這些大道理的？

「我是不懂，不懂你們這些大人長了歲數，卻叫狼吃了心肝。今天，換作是媽被幾個陌生男人輪流給睡了，妳還有臉活下去嗎？」憤憤的周于推開周媽，頭也不回的跑了出去。

周于不齒自己的父母為了五斗米，居然昧著良心出賣人性，虧得高小琪人前人後的周媽長、周媽短，把她當親阿姨一樣的看待，而自己的媽，竟無情的淪為販賣人口的共犯。

眼看著兒子如此的明事理、辨是非，對朋友又如此的仗義，周媽真是有說不出來的欣慰及歡喜，可是淚，卻因為周于的一句話而潰堤。

「換作是媽被陌生男人給睡了，妳還有臉活下去嗎？」

周于的這句話像把長刀，狠狠的往周媽的心窩子穿過去。

周媽本名叫楊逸，十九年前，剛考上大學的她，懷抱著美好的前程與希望，獨自一人來到貴州求學，卻被冒充遠房親戚的人口販子，給拐賣到這個村落。那些人為了方便將她背上山，強迫楊逸吞了迷藥，直到夜半醒來，她才發現自己躺在一間陌生的破屋子裡。

當時的楊逸渾身不著寸縷，下體還感覺到陣陣的刺痛，什麼都不懂的她，只見自己身邊躺著一個不認識的男人，瞬時驚恐的大叫。拉起被子遮羞的楊逸，立馬就想要逃跑，可不想這一叫，卻把熟睡的周景給吵醒了。

黑暗中的周景露出凶狠的目光，不由分說的搧了她好幾個耳光，打得楊逸眼冒金星，脣角流血，爬都爬不起來。不僅如此，粗暴的周景還揪住她的長髮，把體型嬌小的楊逸像隻母狗一樣，壓在炕上糟蹋了一整晚。

從來沒經歷過人事的女孩兒，怎麼受得住一個大男人整晚的折騰，下身全是血的楊逸痛到失去了意識，隔天一早，周景才發現渾身冒冷汗的她，居然發了燒。

可是，山裡的粗漢子有誰懂得憐香惜玉的，周景直覺既然買了媳婦兒，陪睡就是天經地義的事，他還指望買來的楊逸，能幫忙下地幹活兒呢！

不過，幸好周景還有一點良知，見楊逸動也不動的躺在炕上，猜她大概也跑不了，就乾脆把楊逸一個人丟在屋裡，放心的出門。

就這樣燒了兩天，楊逸才恢復了點知覺，只是周景一見人清醒了，又忍不住對這具年輕肉體逞起了獸慾。

飽受驚嚇的楊逸哭求著不要，可是旱了多年才初嚐到性愛滋味兒的周景，哪管得了那麼多，兩隻有力的手臂架住楊逸纖細的雙腿，只管在血淋淋的那處宣洩自己的慾望。

舊傷未癒，新傷又至，這回楊逸燒得更厲害了，不但人事不醒，甚至還不斷的發出囈語。好色卻無膽的周景怕出人命，不得已，只好把楊逸病重的事，告訴當家的石老太爺。

知道這件事的石老太爺罵了頓周景畜生，便趕緊叫下人弄了些藥，去幫楊逸塗傷口，並煎了好幾帖的湯藥給她喝，燒才漸漸的退了。

楊逸養傷的這段期間，周景雖然沒有再碰她，但也沒給她好臉色看，天天對著她吐沫、罵她不中用，光吃飯又不能幹活兒，他花的這筆錢算是砸到水裡，有去無回了。

只要一想到當年受周景踐踏，又生不如死的日子，痛不欲生的楊逸，就禁不住淚如雨下。

是啊！受盡凌辱的楊逸本是不想活了，要不是有了周于這個孩子，她肯定一頭栽到井裡去死。可是村子裡的人都很有經驗，他們知道女人一旦有了孩子，就不會尋死，所以周景白天綁著她，晚上回來就睡她，直到楊逸懷孕為止。

「孩子，媽沒臉，媽只是想我們一家三口，能在這個村子裡好好的活著，難道，這也有錯嗎？」

奔出石家的周于抹掉臉上的羞憤，一想到自己的爸媽跟太太，還有村長合伙幹這種把人當牲畜賣的下流勾當，就覺得丟人。

少爺和高小琪是天生的一對兒，沒有人比高小琪更合適當少爺的媳婦兒、石家的少奶奶，他不能眼睜睜的看著高小琪，被別的男人給糟蹋。

憤憤的周于才剛來到村子口，就瞧見村長帶著兩個陌生的男人，正要往石家的方向走去。想到昨晚老爸說的，太太打算託人口販子，再把高小琪賣到別座大山，想必就是這兩個人。

沒想到，平日無所事事的村長，這回事情倒辦得利索，短短幾個月，他光是把高小琪這麼一來一往的賣個兩回，恐怕就要肥的流油。

怒氣飆升的周于咬牙，轉身拔腿就跑，他得趕在村長這伙人到石家之前，先通知少爺和高小琪才行。

話說打從昨晚到現在，石祐林的一顆心就沒安分過，即使他勉強自己像往常一樣，陪高小琪吃完早飯又去後山逛了兩圈，可始終心不在焉的他，早就引起高小琪的懷疑。

「你是怎麼了？一整個早上心神不寧的。」高小琪印象中的石祐林，就是個不食人間煙火的少爺，能有什麼事讓他這麼不安？

「啊！不，沒……沒什麼。」猛搖頭的石祐林眉頭皺得緊，可是，連喜怒哀樂都不懂得隱藏的人，鬼才相信現在的他沒什麼。

隱約覺得石祐林在瞞著她事，有些不開心的高小琪正要再問，誰知道，房門突然被敲得響。

「叩叩叩！少爺，快開門。」

是周于！石祐林一聽出聲音，立馬衝去開門。

「不好了，村長帶人來了。」這時的周于也顧不得高小琪在場，忙拉著石祐林的手說：「你帶著小琪快走，我想辦法在這兒拖住人。」

「走？能去哪兒？」一想到自個兒的媳婦兒就要被人給賣了，沒個主意的石祐林，慌的手足無措。

「隨便啦！總之，別讓人逮著就成。」周于衝進房，把一臉莫名的高小琪也給拉了出來，推著兩個人直往後門走，「趁我爸和我媽都在前院忙，你們能跑多遠跑多遠，等風頭過了，我再想辦法去找你們，快！」

「周于，到底發生了什麼事？能不能跟我說明一下？」高小琪納悶了，這兩個人在搞什麼鬼？不是說，她在沒有生孩子之前，絕不能出石家大門的嗎？為什麼現在反而要趕她走呢？

「詳細情形讓少爺跟妳說吧！現在沒時間了。」

周于拉著兩個人來到後門時，突然打住，趕緊從兩邊褲袋裡，掏出皺成一團的紙鈔和許多銅板，遞給石祐林，「少爺，我攢的錢不多，這些你先頂著，要省著點用。」

雖然石家很有錢，可是向來養尊處優的石祐林，連大山都沒有出去過，當然不可能用到錢。但是石祐林很清楚，一旦走出石家這座大院，他就不再是茶來伸手、飯來張口的少爺了，他得成為一個有擔當的男人，能保護自己的媳婦兒的男人。

「周于。」感動不已的石祐林緊緊握住周于的手，此時的他這才懂得，什麼叫患難見真情。

他知道這些錢是周于全部的家當，他們一家三口為石家工作幾十年，除了穿的暖、餓不死，根本攢不了什麼錢，可是周于居然想都沒想的，就把這些錢全給了他。

「少爺。」雖然，讓一個傻子帶著高小琪離開石家的風險極高，但總比再被人賣掉的好。

周于也緊緊回握石祐林的手，不捨的流下兩滴眼淚，「好好照顧小琪，還有，錢別花完，我還得靠它娶媳婦兒呢！」

「……」

第九章　倉皇出逃

石祐林帶著高小琪溜出後門時，正好是放飯時間，工人們都集中吃飯去了，沒有人發現他們。幸好以前周于常帶他走後門，要不，石祐林還真不知道要怎麼走出石家院子。

「到底發生什麼事了，能不能先告訴我？」一顆心提到嗓子眼的高小琪，也不知道該憂還是喜，這幾個月來，她一直希望有天能逃出那座與世隔絕的大院，可現在石祐林真帶著她出來了，高小琪卻不知道該怎麼辦？

「之前把妳賣給我們家的人口販子又來了，他們要把妳再賣到別的地方去。」石祐林再怎麼也想不到，自己的母親居然這樣狠心，為了傳宗接代，不惜再犯一次法。

「什麼？可是，你們不是把我買下了嗎？為什麼他們還要來找我呢？」高小琪不懂了。

雖然，石祐林對自己母親的行為感到丟臉，但如果不把事情的始末說清楚，高小琪肯定會問個沒完，於是，他只好把昨晚周于對自己講的話，又重複一遍給高小琪聽。

高小琪當然明白生不出孩子不是她的錯，可女孩子家畢竟臉皮薄，也不好跟石祐林繼續討論這個話題。只是，如果按周媽之前所說，他們連走出這座大山都有困難，那又能逃到哪裡去？

「找古大夫，他一定會幫我們的。」

以前曾聽說，沒有熟人領出山容易出事，石祐林對山路不熟，他不能帶高小琪冒這個險，所以唯一的方法，就是先躲在古大夫那裡，等有人出山時再跟著逃出去。

可是，古大夫住的地方離石家有點遠，他們必須穿過最多人住的那條路，才能到得了。

雖然，石祐林儘量用身體將高小琪的臉擋住，但村子裡住的人就那麼幾百個，眼尖的村民，一見從不出家門的石祐林，帶了個陌生又漂亮的女孩兒，立馬就猜到是石家的新媳婦兒。

「奶奶的，有錢人家買的貨色就是不一樣，瞧那身段，讓男人看了就眼熱。」一個滿口黃牙的中年漢子，嘴裡叼了根煙，兩手環胸的靠在土牆上，鄙夷的看著眼前緊緊挨在一起的兩個人。

「可不是，俺晚上要是能摟著這樣的媳婦兒睡上一覺，不曉得多快活。」杵著根木棍，頭髮都花白的半百老頭兒，露出一對色瞇瞇的眼睛，不斷往高小琪的身上打量，還咂了咂嘴角因為缺了牙齒，而溢出來的白沫。

「不對啊！這丫頭還來不到半年，咋就跑出來了？」一個背著竹簍的老婦，指著石祐林和高小琪喊著，瞬時把田裡還在農活的目光，都給聚集了過來。

「沒生孩子的女人是不能離開家的，不是嗎？」幾個年紀輕的婦人，開始議論紛紛。

「就是，肯定是逃出來的。」背著簍子的老婦喊了起來，「十幾年前石家才跑了個入贅的，這次千萬不能再讓這丫頭也跑了，快，攔住他們！」

眾人經老婦這麼一吆喝，還真有幾個漢子冷著臉，就朝高小琪走了過來，機警的石祐林見苗頭不對，拉了高小琪拔腿就跑。

雖然這幾個月來，高小琪每天都去後山繞好幾圈，體力著實進步了不少，可追她的那一伙人更不簡單，平時都是徒手攀著懸崖峭壁採藥的粗漢子，石祐林和高小琪這兩隻肉雞就算是拼了命，也跑不過他們啊！

果然不到幾分鐘，兩個人就被追上了。

「臭丫頭，做了咱山裡的女人還敢跑？」一個年輕漢子抓住高小琪的左手臂，將她和石祐林硬拉了開，而剛剛那個色瞇瞇的老頭兒，則趁著眾人不注意時，悄悄走到高小琪的身後，偷摸了一把她的屁股。

「啊！祐林……」感覺被吃豆腐的高小琪嚇哭了，記得周媽曾警告過她，想逃跑的人會成為這個村子的叛徒，不用走出大山就會被人活活打死，她不想莫名其妙的冤死在這裡啊！

「媳婦兒病了，我要帶她去看大夫，我們沒有要逃走。」一看到高小琪的眼淚，石祐林便急了，可他的雙手被兩個粗漢子給捉住，即使奮力掙扎，也發揮不了什麼作用。

「唷！傻子也學會撒謊了，我前兩天明明還見古大夫，親自到石家去看病，咋又要再看？再說了，瞧這丫頭長得水靈水靈的，一點兒也不像犯病的樣子啊！」從小就住在大山裡的年輕漢子，哪裡見過這樣嬌滴滴、水嫩嫩的姑娘，色心漸起的他，忍不住伸手掐了掐高小琪粉撲似的臉蛋。

高小琪見又有鹹豬手伸來，連忙轉頭避開，可奈何怎麼也掙脫不開男人的手。

「住手！你，你別碰她！」又惱又怒的石祐林喊道。

「傻子學人家娶什麼媳婦兒，你懂得咋睡嗎？哈哈哈……」另一個中年漢子的嗓門更大，才幾句話就引來圍觀的眾人哄笑。

「小姑娘，我看妳也甭跑了，跟著我，老子肯定夜夜讓妳快活似神仙。」一身酒氣的中年漢子走到高小琪的另一邊，伸出滿是泥污的雙手，便要將高小琪整個人摟過去。

高小琪本以為和石祐林當對假夫妻，就可以安安穩穩的待在石家，等和石家人混熟了，再找機會打電話求救。沒想到天不從人願，這一連串的事情都發生的太突然，快的讓高小琪措手不及，尤其是這些心懷不軌的陌生男人，更讓高小琪覺得噁心、想吐。

「不要！祐林，救我……」出生在臺灣的高小琪，什麼時候給一堆男人這麼肆無忌憚的騷擾過了，害怕又委屈的她終於忍不住，放聲哭了出來。

「放開，放開我！不准你們碰她！」盛怒的石祐林，額冒青筋的大喊。

既然力氣小的石祐林掙不開他們的手，只好張大嘴去咬，漢子即使皮粗肉厚，但也禁不住石祐林瘋狗似的亂咬，紛紛放手慘叫，「啊——」

大吼的石祐林，又像頭牛似的撞開那兩個抓住高小琪的男人，連同躲在她後面的色老頭，也一併撞倒在地。腳步不穩的三人跌成一團，眼尖的石祐林，趕緊拿起老頭兒手上的木棍防備，並將滿臉驚嚇，又渾身發抖的高小琪護在自己身後。

這些平日看似溫良的村漢，其實都是一群自私自利的暴民，石祐林早在多年前，爸爸要偷偷帶他離開時就見識過了。

因為村子裡的人口少，所以他們自成一國，不容許一丁點的背叛和逃離，然而說到底，這些人都是因為害怕接觸到外面的世界，選擇窩居在山裡的可憐蟲而已。

「想逃出大山的女人都得死，不能放過她。」凶悍的老婦站在人群中，不斷吆喝，「把這個丫頭綁起來，再找人通知石家太太。」

老婦繼續指揮著眾人，有人開始四處找繩子，另有兩個腿腳快的年輕人趕去傳話，更多的村民陸續圍過來等著看好戲。

石祐林知道接下來他們打算做什麼，就是把高小琪綁在樹上，讓眾人對她吐沫、丟石頭，然後再活活餓死，像當初他們對每個逃跑的女人一樣。

不！石祐林不能就這樣看著高小琪被人凌辱到死，錯的是他們，不是高小琪。

「走開，別過來。」揮舞著木棍的石祐林生冷得嚇人，可村民仗著自己人多，根本不怕這個嬌生慣養、手無縛雞之力的大少爺。

「這石家少爺真是個傻子，花錢買了媳婦兒不僅看不住，還像他老子一樣被女人給拐走，果然是有其父必有其子啊！」年紀大的幾個村民，開始議論起十多年前，石家發生的那件丟臉事，幾個年輕漢子聽了後，露出原來如此的訕笑。

人說紅顏禍水，躲在石祐林身後的高小琪一哭，紅撲撲的臉蛋和淚眼婆娑的樣子更招人眼熱，看得那幾個沒婆娘的光棍兒，身子都快燒起來。

那狂傲的年輕漢子不死心，伸手就要往高小琪的身上摸去，石祐林見狀，舉起木棍，狠狠的就朝那隻鹹豬手給打了下去。

「啊！」以為石祐林只會裝腔作勢的年輕漢子不防，右手差點兒被打斷，縮了手的他退了好幾步，齜牙裂嘴的罵道：「你，你竟然敢打老子？」

「誰碰我媳婦兒我跟誰拚命，來啊！」揮舞著棍子的石祐林嘶吼著，帶著高小琪向前進了一步，逼得怕挨打的眾人，不得不往後退。

躲在石祐林身後的高小琪從來不知道，向來只會看書、下棋，像個文藝青年的他，居然也有一股英雄救美的膽量。可是雙拳難敵四手，如果石祐林和這些村民繼續僵持下去，用不了多久體力就會耗盡，屆時下場可能會更慘。

高小琪雖然很想離開這裡，但不希望石祐林為了她受到傷害，石祐林是個天真、善良又很單純的人，她不想因為自己，讓石祐林看到自己同住的村民們，猙獰醜陋的臉孔。

「祐林……」還在抽泣的高小琪，悄悄在石祐林耳邊說道：「不如，我先跟他們走，你再找周于想辦法來救我。」

石祐林當然清楚，現在的局勢對他們很不利，但一想到剛才那些男人對高小琪的噁心舉止，便立馬拒絕，「不行！再撐一會兒，等我媽來，我一定會說服她留下妳的。」

這時才懊悔太過衝動的石祐林，心想當初應該先說服自己的母親留人，而不是帶著高小琪往外跑，現在闖出這麼大的禍，就算想收拾都難了。

「可是我怕……我怕他們會傷害你。」高小琪看著眼前這些比石祐林還要高大、強壯的男人，在這個沒有公安、沒有法律、無法講道理的地方，要怎麼做才能不受到傷害？

「別怕，我是妳男人，就算死，我也會保護妳！」伸出左手的石祐林，緊緊握住高小琪的右手，堅定的語氣讓高小琪感到好安全，卻又有些陌生。

此時的高小琪突然發現，那個常常羞怯臉紅、低頭絞著十指，又不知所措的石祐林，一時之間，從什麼都不懂的十歲孩子，變成穩重成熟的大男人。回頭再想，打從離開石家後，石祐林與她的對話就顯得異常沉穩，完全不像以前那樣的雞同鴨講，或回不出話來的樣子。

難道，石祐林在面臨危機時，腦子就會恢復正常？

「臭小子，憑你那三腳貓功夫也配稱男人？老子今天就來告訴你，啥才是真漢子。」被撞倒的中年漢子不甘心，他捲起泛黃的袖子，露出冒著青筋的結實肌肉，猛地就朝石祐林衝過來。

石祐林一驚，舉起木棍子就要打，只是這漢子早就看破石祐林的手腳，故意使出假動作，待石祐林棍子一揮下，再快速轉身避開。

眾人見石祐林使盡吃奶的力氣卻撲了個空，大半都看出他根本不會打架，於是更大膽的向前爭相搶高小琪。

「不！別……別過來！」嚇極的高小琪緊緊抓住石祐林的衣角，說什麼也不敢放，石祐林見這些村民一昧的衝著高小琪去，更是怒不可遏。

他奮力的將雙手一打橫，堅硬的木棍子，就直往那些漢子的腰脊上打去。要知道，人的腰脊是身體最難防禦的地方，也是最脆弱、最怕疼的，那些被美色沖昏頭的痴漢，被石祐林的棍子這麼一掃，無一不伸手扶腰，哀號慘叫。

石祐林見大半的男人都躲開了，便趕緊拉著高小琪，撞開那些湊熱鬧的無知婦人，往古大夫的住處奔去。

慶幸得以逃出生天的石祐林湧上一股歡喜，誰知道，正要對著高小琪一笑的他才一轉身，後腦杓便毫無預警的挨了重重的一擊。

「不要——祐林！」緊隨在後的高小琪，放聲驚喊。

石祐林的腦袋瞬時痛得像被炸了個洞，當場血流如注，還來不及看高小琪一眼的他直覺眼前一暗，隨即四肢癱軟的昏倒在地。

第十章　殘酷真相

村長帶著小山和耗子，坐在大廳和石絜商量轉賣高小琪的價錢，全然不曉得外頭發生了什麼事。直到一個村民氣喘吁吁的跑來，說石家少爺正帶著他的媳婦兒，打算逃離大山，才讓三個人當場驚得瞪大雙眼。

「不可能，我的祐林……祐林他是絕不可能離開家的，你們……你們胡說。」難以置信的石絜，瘋了似的在家裡到處找兒子，直到周于坦承他們兩個人確實已經離家後，才帶著周景和周媽趕去找人。

急走在路上的石絜不停想起，十二年前的李思鵬，是如何狠心的拋下他們母子倆，和城裡的女人私奔的，如今她唯一的兒子，曾發誓一輩子都不會離開她的祐林，居然又為了另一個女人拋棄她。

沒有天理！這世上哪還有天理？

憤恨不平的石絜緊握著雙拳，踏著重心不穩的腳步，趕到石祐林被攔下的路上。

原本，石絜還想狠狠的搧兒子幾個耳光，好教訓他這個有了媳婦兒便忘了娘的不孝子，沒料到，走在前頭的周景才剛撥開人群，石絜就看見躺在血泊中，那個熟悉不過的身影。

眾人見石家太太到了，不僅沒有因為傷了石祐林，而感到一絲絲羞愧，還紛紛用一種鄙夷的眼神看著她。

跪在地上的高小琪哭得聲嘶力竭，連聲音都啞了，石絮見她不斷搖晃兒子的手臂，卻怎麼都喚不醒。

十二年前可怕的那一幕再次重現，腦中一熱的石絮雙腳一軟，便倒了下去。

人事不醒的石祐林和石絮，雙雙被人背回家中，直過了午後，被惡夢驚醒的石絮，才急匆匆的奔進兒子的房間，「我的兒子……祐林他，不打緊吧？」

站在床邊的石絮，手捏著帕子不斷的發抖，雖然，周媽已經把石祐林後腦和脖子上的血都擦乾淨了，但衣領和肩上的暗紅色痕跡，還是令她這個做媽的一陣心驚肉跳。

可是古大夫沒有回答她，繼續把銀針扎在石祐林的後腦下，和頭頂的百會穴上，大伙兒見古大夫臉色鐵青，又不說話，更是大氣都不敢吭一聲。

「嗚……祐林，你不能死，你死了叫媽一個人咋活啊！」眼見自己辛苦拉拔了二十幾年的心肝兒肉，面無血色、動也不動的躺在那裡，石絮再也承受不住的放聲大哭。

只是石絮這麼一哭，讓守在房裡的周媽和周于也跟著掉淚，那些站在房外的丫頭、婆子，也各個抽抽噎噎的哭了起來。

縱使石絮對待下人向來嚴厲，但石祐林卻是個極好相處的少爺，如今發生這樣的意外，大家心裡自然也不好受。

「人都還沒死呢，哭什麼？」實在受不了吵鬧的古大夫站了起來，怒氣沖沖的猛揮手，要把石絜和周媽都趕了出去，「孩子都傷成這樣了，妳哭天搶地有什麼用？」

「我的孩子沒了，難道，身為親娘的我都不能哭嗎？」滿臉是淚的石絜像個潑婦似的，對著古大夫嘶喊，一頭微捲的黑髮，因激動而散在那張原本麗美的臉上，完全沒了平日裡，盛氣凌人的高傲模樣。

「都是那個賤人、狐狸精，是她拐走了我的祐林，才會害得他慘死。老天爺不長眼啊！我們石家三代採草藥濟世救人，為什麼一而再、再而三的遇到這種沒有天理的事，為什麼？」

「明明是妳要把小琪賣了，才逼得他們小倆口出逃，怎麼妳還想把過錯都推到小琪身上？」一進到石家，就看到村長和兩個陌生男人的古大夫，從周于那裡聽到了事情的始末，他真的想不到，石絜居然會這麼狠心的，拆散他們小夫妻倆。

「買來的東西不中用，我賣了又有什麼錯？難道要祐林像你一樣，無依無靠的孤獨到老嗎？」石絜指著躺在床上動也不動的兒子，毫不客氣的質問古大夫，「我們石家代代單傳，本來祐林的天資聰敏，要娶多好的姑娘都可以，可是李思鵬那個白眼狼，卻把石家這唯一的希望給毀了。」

哭得渾身癱軟的石絜，跌跌撞撞的走到床邊，摸著石祐林慘白的臉龐，不願相信昨天那個活蹦亂跳，還陪她吃飯聊天的孝順兒子，如今卻已經了無生氣，垂垂欲死。

「自從祐林受了傷以後，我沒有一天不為他的將來操心。祐林他太單純又太善良，如果不能找一個幫得上他的媳婦兒，早點兒生個繼承家業的孩子，就算石家是座金山、銀山，遲早也會被騙光的。這樣的他以後要怎麼活，怎麼活啊！」

「父母之愛子，則為之計深遠。」可憐天下父母心，誰不想在自己有能力時，把孩子的將來都給算計好？

石絜從小跟著父親打點家務，憑著聰慧的頭腦和強有力的交際手腕，才能將石家的事業做得如此有聲有色。可也因為她的能幹，讓那些嫉妒和覬覦石家的人，更加恨得牙根兒發癢。

這幾個月來，石絜在暗中觀察過高小琪許多次，她聰明、伶俐，腦筋動得快，思慮又周全，最主要，是高小琪不在乎石祐林智力上的缺憾，願意接受他。石絜原本期待高小琪能成為石祐林的得力助手，可不想，喜歡吃冰的她，居然有宮寒的毛病。

石家做的是中草藥的生意，對疾病的了解並不比一般的醫生少，石絜從周媽那裡看到古大夫為高小琪配的藥材，又聽周媽說，高小琪是旱田，種不出莊稼，自然就聯想到她無法生育一事。

可是，以高小琪的聰明才智，若是繼續留在石家，石祐林遲早會成為她的傀儡，石絜不能讓這麼危險的女孩兒留在兒子身邊，一定得想辦法趕她走。

「妳怎麼知道祐林撐不起石家的事業？又怎麼知道小琪一定生不出孩子？石絜，妳自以為聰明，總把別人當傻子，其實真正傻的人——是妳。」有些發火的古大夫走近石絜，正想好好的教訓這個自以為是的女人，但見一頭亂髮的她哭得滿臉憔悴，頓時又心軟了起來。

「這世道雖然險惡，但不盡然沒有公理。祐林是我打小看到大的孩子，若他真的有病，難道，我會眼睜睜的不管不顧嗎？」見石絜一臉嫌惡的怒瞪著他，彷彿就是在指控他袖手旁觀、見死不救，讓古大夫直覺冤枉的莫名。

「十二年前的意外，雖然讓祐林的頭部受到撞擊，但只有外傷，其實，腦子根本沒事兒。」嘆了口氣的古大夫心想，若自己再不說出真相，恐怕石絜一輩子都會把石祐林關在這座大山，直到老死。

「你……你說什麼？」這突然的轉折，讓傷心又氣憤的石絜瞬時僵化。

「祐林看到妳為了他，和李思鵬大打出手，不知道該如何是好，於是趁著跌倒，順勢讓自己一頭撞在土牆上。本來，他只是想嚇嚇你們夫妻倆，誰知道你們竟然越吵越凶，於是祐林索性就裝病，好轉移你們彼此間的恨意。」見石絜張著嘴，不可思議的盯著他，好似自己在說什麼天方夜譚一樣，古大夫不禁搖搖頭。

「妳說的沒錯，祐林這孩子單純又善良，所以見不得自己的爹娘受苦，他知道李思鵬非走不可，而妳又堅持留在石家，所以只好犧牲自己，陪妳窩在這座大山裡。他裝傻，是因為妳受李思鵬出走的打擊太大，為了不讓妳時時擔心失去他這個兒子，才會一直裝傻下去。」

「這事兒，你……早就知道了？」緊抓著床沿的指節都泛白了，石絜還是盯著古大夫的眼睛，好確認他沒有說謊。

「要不是想成全這孩子的孝心，我早就說了。」見石絜還在懷疑自己，古大夫真上火了。

僵化的石絜看了又看、想了又想，腦子突然全想明白了。

難怪石祐林說他這一輩子都不會離開石家，不會離開媽媽，原來，他是不想像李思鵬那樣傷她的心。

「祐林，媽知道了，你是好孩子，媽的好兒子。」得知真相的石絜哭得更悲慘、更淒涼了，「媽以後不怪你笨、不怪你傻了，你趕緊醒一醒，醒一醒啊！」

見太太哭得椎心斷腸，一旁的周媽心都要碎了，她悄悄的走到古大夫身邊，低聲問：「少爺他，真的醒不過來了嗎？」

「下手的人心太狠了，這一棍子打得不輕，又剛好擊中頭骨，祐林就算醒得過來，恐怕也……」

拉長耳朵的周媽，一顆心提到嗓子眼兒，就怕古大夫說了什麼讓人難以承受的話來。

「我看，妳還是先找個丫頭跟我回去拿藥吧！這幾天我會住在這兒，直到祐林確定沒事兒為止。」什麼能說、什麼不能說，古大夫現在也沒有把握，只能抓緊時間想辦法替石祐林治病了。

周景把抓回來的高小琪，關在堆草藥的木房裡，牆的四邊沒有窗戶，高小琪僅能從木頭與木頭的間隙中得知，現在到底是白天還是晚上。

回想起令人膽顫心驚的那一幕，高小琪還是會忍不住全身發抖，石祐林被擊倒的一剎那，高小琪真以為自己害死了他。幸好，到大山裡採草藥的古大夫，在回家的路上遇見了他們，趕緊攔下發了狂的村民，否則高小琪真不敢想像，她和石祐林的下場會有多悲慘。

距離被抓回來的時間，已經過了一天又一夜，高小琪偶爾可以聽到有人刻意的低聲說話，也有人匆匆的從木房旁邊走過，卻沒有人敢開門來看高小琪一眼，也沒有任何人給她送飯或遞水，她彷彿就這麼被遺忘在石家的一角。

這種暴風雨前的寧靜，讓高小琪覺得很不安，可她一直想辦法讓自己保持冷靜，不要胡思亂想。

時間宛如靜止了一樣，悄無聲息，黑暗中的高小琪蜷在藥草堆的一隅，努力吸著帶有青草和藥香的空氣，安靜的祈禱著奇蹟的到來。

高小琪至今仍想不明白，石祐林為什麼要對她那麼好？

對石家而言，她不過是個買回來的陌生人、貨品、生孩子的工具，就算石絜把她賣給了別人，依然會再買一個更漂亮的女孩子給他，石祐林壓根兒不需要為一個有名無實的媳婦兒，跟那些可怕的村民搏命。

可石祐林就是這麼傻、這麼笨，笨到用性命去救高小琪這個利用他，又一心想逃離石家、逃離他身邊的女人。

偌大的淚珠，一顆顆的滾落了下來，雖然高小琪努力的抑制，卻無法止住氾濫的情緒和恐懼，她僵直的指尖用力的掐進自己的雙臂，讓疼痛提醒她要堅強，不可以哭。高小琪知道，石祐林一定不希望自己因為他而傷心，他一直都那麼小心翼翼的護著她，一直都……

「咿啞！小琪，小琪妳在哪兒？」

突然的開門聲，讓陷入悲傷的高小琪跳了起來，重見光明的她趕緊抹掉淚，從草堆裡奔了出來，大喊，「周于，我在這兒。」

「噓……小聲點兒。」謹慎張望著自己身後的周于，趁沒人發現，連忙關起門，並小心翼翼的從懷裡拿出一顆，尚且溫熱的饅頭給高小琪，「我媽說妳肯定餓壞了，讓我拿東西給妳先頂著，趕緊吃。」

「祐林呢？他現在怎麼樣了？」雖然幾十個小時滴水未進，但高小琪根本不覺得餓，她現在滿腦子都希望石祐林能平安無事。

「那個……古大夫，他正在想辦法。」詳細情形周于也不是很清楚，他只知道太太和古大夫一直都守在少爺的房裡，一步都沒有出來過。

「想什麼辦法？祐林他，傷得很重嗎？」高小琪不敢再去回想石祐林倒在地上，血淋淋的模樣，那會讓她感到無比愧疚和自責，如果石祐林真的有什麼萬一，那她……她……

「放心，少爺福大命大，十幾年前他也傷過一回，不也沒事兒嗎？哈！」努力調整氣氛的周于，故意把話說得輕鬆。

可高小琪知道周于在騙她，石祐林肯定傷得很嚴重。

「我要去看他。」高小琪把饅頭塞還給周于，越過他，直接開門走了出去。

「唉唷喂！我的姑奶奶，妳能不這麼衝動嗎？」仰天哀號的周于，雙手撓頭的扯了扯頭髮趕緊跟上去，要是周景知道是他把高小琪放了出來，肯定會拿鞭子抽死他。

平時就覺得石家院子大的離譜，再加上被關在暗無天日的木房裡太久，高小琪一見到太陽，兩眼就開始發暈，還完全沒了方向感。幸好周于機警，帶著她沿著陰涼的地方走，很快就來到她和石祐林的房間。

為了方便餵藥、換藥，平時屬於高小琪和石祐林下棋、聊天的小屋子，多了好幾個木架子和水盆，幾個工人和婆子看到高小琪跑了出來，也僅僅是用矛盾又異樣的眼光打量，卻完全沒有攔阻她的意思。

其實他們心裡都明白，少爺早認定了高小琪這個媳婦兒，平日小倆口打著傘，逛後院兒的恩愛背影不曉得羨煞多少人，若不是太太自作主張，少爺也不會發生這種慘事。

都說寡母獨子的媳婦兒最難當，就算高小琪真不能生孩子，再買一個女孩兒回來就得了，太太何必非得拆散他們小倆口，把人給逼絕了？

儘管旁人有再多的揣測，然而事實都已經發生了，無論高小琪最後能不能留在石家，她都不能丟下傷重的石祐林不管。三步併作兩步的高小琪才一進房，一股濃濃的草藥味就迎面撲來，讓眉頭皺得緊的高小琪，心裡不禁咯噔了一下。

坐在窗戶旁的古大夫首先看到高小琪，見她全身緊繃，強作鎮定的走向石祐林時，他迅速站了起來，並把高小琪給拉開。現在這個當口她來的不是時候，情緒不穩定的石絜這會兒才剛趴著休息了下，他擔心萬一石絜醒了，看到高小琪又會失控。

「古……」

「噓！」古大夫將高小琪拉出房外，正想問她是怎麼跑出來時，但見周于巴巴的站在後頭，防賊似的左顧右看，大概就猜出是怎麼一回事，「妳現在不能進去。」

高小琪當然了解是因為石絜在裡面，所以古大夫才不讓她進去，焦急的她直接問道：「祐林現在到底怎麼樣了？」

「有腦震盪的現象。」面色凝重的古大夫，見高小琪眼眶又紅又腫，明白她心裡肯定也不好受，便安慰著，「還得等祐林醒了才好說。」

「如果真是腦震盪，就應該趕緊送醫院，做ＣＴ檢查不是嗎？」腦震盪的診治方法在臺灣算是基本常識，高小琪都是看電視學的。

「可是，從村子到城裡要走上五個小時的山路，就算用支架撐住，此時的祐林也禁不住山路的顛簸。」這些古大夫當然都想過了，「再說，處於昏迷狀態的病人，萬一在路上發生癲癇或嘔吐，恐怕會更危險。」

「那現在能怎麼辦？」

「如今祐林的脈象已經穩定許多，只要不發生抽搐或心跳紊亂的狀況，應該沒有生命危險，只是……」見高小琪焦急的等著他的未竟之語，古大夫嘆了口氣，「只是他後腦裡的血塊很大，如果不盡快處理的話，可能會壓迫到小腦，導致四肢活動受到嚴重影響。」

影響到四肢的活動？

那不就表示：祐林要一輩子躺在床上，哪裡也去不了了？

「不，祐林不可以，嗚……」渾身發抖的高小琪摀住嘴巴，緊繃的情緒瞬間潰堤。

古大夫本以為高小琪對醫學有點兒概念，所以，才把石祐林的狀況說給她聽，沒想到小ㄚ頭畢竟年紀輕，還是禁不起這樣的打擊。

「ㄚ頭，妳別急，我只是說可能，不代表一定啊！」

「不，不，我不會讓祐林變成這樣的，我不會。」抹掉一臉的脆弱，努力平復呼吸的高小琪十指扭成一團，像失了魂一樣的轉來轉去，且喃喃自語，「一定有辦法，一定還有其他的辦法。」

「ㄚ頭……」故作堅強的高小琪，讓古大夫分外不忍，他知道以高小琪的性子，肯定會把石祐林受傷的過錯，全扛在自己身上，可她不過就是個二十出頭的大孩子，怎背負得起生死這種重責？

「對了，找我爸，我爸認識很多有名的醫生，只要開刀就能清除腦中的瘀血，這樣就不會影響到祐林的四肢了。」興奮的高小琪拉住古大夫的手，直覺替石祐林找到一線生機。

「可開刀得在手術房，再有名的醫生來到這座大山，也是英雄無用武之地。」即使明白高小琪是出於一片善意，但完全不認同西醫的古大夫，仍然嗤之以鼻。

「先通知他們來，大家一起想辦法。開腦手術雖然有風險，但還是有很高的成功比例，拜託，讓祐林試試看吧！古大夫。」就算高小琪見識到了中醫的神奇，但石祐林跟她的狀況不一樣，在此緊急時刻，西醫或許會是最好的治療方法。

敲著扇子的古大夫陷入沉思，雖然中藥一樣可以去血化瘀，但是需要的時間較長，然而，昏迷的石祐林必須儘快醒來，才能避免造成腦部永久性的傷害。

古大夫曾試著用針灸替石祐林除瘀血，但效果有限，如果，能借到電療器材加以輔助，或許就不需要開刀了。

正當古大夫對高小琪的建議猶豫不決時，站在不遠處的周于突然喊了聲：「太……太太。」嚇了一跳的高小琪連忙轉身，沒想到，石絜已經快步走到她面前，伸手猛地就甩了高小琪一個巴掌，「妳這個妖精，害得我兒子不夠慘嗎？居然還想找人在他的腦子上動刀，妳是不是人？」

「不，阿姨妳誤會了，我不是……」高小琪反射性的退了幾步，可石絜卻以更快的速度揪住她的長髮，揚起手，打算再狠狠的甩她幾個巴掌。

「夠了！」厲聲的古大夫抓住石絜的右手，將她推到一旁，「小琪是在想辦法救祐林，不是妳想的那樣。」

「不是我想的那樣那又是怎樣？當我也傻了，不知道你們正合著想謀財害命嗎？」石絜指著在場的三個人破口大罵，「沒心肝的白眼狼，沒天良的畜生，一個個都打著我們石家的主意，恨不得祐林去死，你們不是人，不是人……」

瘋了似的石絜不斷對古大夫又抓又扯，古大夫沒有辦法，只好伸出手刀朝她的後頸砍了下去。

「啊！」這一砍惹得一旁的高小琪和周于同時驚叫，沒想到看起來不慍不火的古大夫，居然也會使用暴力手段。

聽到石絜尖叫聲的周媽和幾個婆子跑了過來，見太太軟軟的癱在古大夫的懷裡，都有些吃驚。

「看啥？還不趕緊把太太扶到房裡去。」

聞言的周媽拉著兒子，一人一邊的扶著石絜趕緊回房，拍拍衣服的古大夫又惱怒又無奈，吩咐了婆子幾樣藥材，讓人快快熬成湯，一會兒端去給石絜喝下。

「阿姨她……不要緊吧！」現在家裡亂成一團，如果石絜再出什麼意外，那高小琪真的要以死謝罪了。

「喝個藥，睡一晚就好了。」方才鐵青的臉色轉眼恢復了紅潤，古大夫本就不是輕易動怒的人，更何況，此時的石祐林正是生死攸關的時候，他可不能先失了理智。

回想高小琪方才的建議雖然可行，但由於她是石家花錢買來的，基本上已經觸犯了人口買賣的違法行為，若讓她聯絡家人前來，屆時，恐怕會引起整個村子的騷動。

古大夫在這個村子住了三十年有餘，他很清楚石絜的不得已，大山和貧窮阻斷了村民的生機，在這裡的每個人打從落地開始，就得不斷的為填飽肚子而奔波。

大山的土壤貧瘠，可用來農作的耕地十分稀少，再加上特有的石灰岩地形，雨水一下就滲入地底，根本留不住，所以村民只能上山採藥，利用少得可憐的天然資源，有一頓、沒一頓的養活自己。

困在這裡的孩子沒有多餘的錢可讀書，長大後，更無法在競爭激烈的城裡找到合適的工作，被淘汰的村民只得再次回到大山，形成劣幣驅逐良幣的惡性循環。

所以，願意嫁進大山的姑娘少之又少，導致村民必須拿出僅有的財產，跟人口販子買媳婦兒傳宗接代。

然而，這些買來的姑娘，大都是人口販子從城裡拐來的孩子，不管離鄉背井的她們是為了工作、求學，還是找親戚，只要被賣到大山裡，即使不願意，也沒有幾個逃得掉。

古大夫曾見過一個買來的丫頭，為了逃跑而色誘外來的藥商，但那個藥商早和村長連成一氣，在一夜風流快活後，對村長投訴了這件事。

買那丫頭的漢子知道後，將她打得半死不活，趕出家門，打算讓她自生自滅，只是一覺醒來才發現，那丫頭不知道什麼時候，已經被人綁在樹下輪姦致死。

雖然，法律規定人口販賣是違法的，但貧窮並非村民們所願，再者，性慾和傳宗接代是與生俱來的本性，大山裡的村民為了生存，不惜使用強制的手段、犧牲無辜的女孩兒，他們並不認為自己有錯。

那天，要不是村民仰賴古大夫的醫術，不敢開罪於他，石祐林和高小琪早就被村民私下處置掉，根本沒有機會被送回石家。所以，古大夫不能冒險讓高小琪通知她的家人，誰知道，城裡還有多少人是村長的同夥？

再說了，人一旦進了山就等於與世隔絕，萬一高小琪的家人和醫生，在途中不慎跌落山谷，又有誰清楚真相是什麼？

思前想後的古大夫在衡量了利弊得失後，不得不拒絕高小琪的好意，「明早我讓周景到城裡借些設備，興許，可以讓祐林的症狀好得快一些。」

見高小琪眼中的期待瞬間隱沒，古大夫不禁同情起她，「妳不是想看祐林嗎？太太清醒之前，妳就幫忙看著點吧！」

「嗯，好。」沒多爭辯的高小琪重新振作起精神，點頭應了聲，立馬轉身進房。

「祐林，小琪是個好孩子，為了她，你得趕緊好起來啊！」古大夫望著房裡石祐林的脆弱身影，喃唸著。

第十一章　神祕治療

石祐林私自帶著買來的媳婦兒，想要逃離大山的事件，在村子裡引起極大的騷動，尤其是小山和耗子，不但是人口販賣的元凶，就連村長這個共犯也開始緊張起來。幸好村民發現得早，沒讓小倆口得逞，否則要是被城裡的公安知道，恐怕日子又要不得安生了。

事情發生的當晚，村長立馬召集幾個信得過的村民，二十四小時輪番緊盯石家的動靜，而在得知石祐林生命垂危之後，村長反而陷入一種進退不得的窘境。

石家對村子的重要性，村民可以視而不見，但村長不能。

這幾十年來，村子裡的大伙兒，都仰賴石家收購他們採來的藥草，再以高價賣到城裡的商家得以養家活口。雖然，之前石老太爺利誘村民賤賣祖先留下來的土地，引起許多人的不滿，但也因為石家把買來的土地充分種植草藥，才使得更多的藥商願意走進大山裡，與他們交易。

但自從石絜接手石家的產業後，她的固執和強勢，也讓負責買賣交易的村長很是頭疼。

許多藥商都希望用更便宜的價錢，買到更多的藥草，而市集的領導也常給村長施壓，暗示他得說服石絜給回扣，可儘管村長說破了嘴，堅持「貨真價實，童叟無欺」的石絜，卻依然故我。

令村長想不通的是，石絜寧願把珍貴的草藥，拿給古大夫那個老頭子製藥送人，也不肯降價分藥商一點甜頭。領導幾次派人到石家找麻煩，也不見石絜這個當家做主的出來迎合幾句，這次還是村長替石絜找了個滿意的兒媳婦，她才心甘情願的拿錢出來，好堵住城裡那些人的嘴。

可這會兒，她兒子闖出這麼大的禍，讓村長咋辦才好？

為了不讓城裡的公安找麻煩，村裡的人們都有共識，買來的媳婦兒在生孩子之前不准離家，免得她們報警引起注意，因此，村民失手打傷石祐林不算有錯。可石祐林是石家的獨苗兒，萬一出了什麼差池，石絜這個當娘的肯定不會善罷甘休，屆時要是鬧到城裡，引起公安的注意，那村子裡的大家，包括村長都沒法兒活了。

為此，年過半百的村長還真是愁斷了腸子，只能時時祈禱天上的神佛，千萬不能讓石祐林有事。

隔日，周景按古大夫的吩咐，天還沒亮就帶人出門，要趕在天黑之前，把需要的兩臺醫療器材背回家。

總以為中醫只能把脈、針灸和吃藥的高小琪，緊張又好奇的湊了過來，見一臺四四方方的機器上裝有六條電線，電線末端是一個金屬的小夾子，而電線的上方各有一個旋轉鈕；另一臺卻像個立式的檯燈，只是燈罩是紅色的。

高小琪不清楚這兩臺機器能為石祐林做何種治療，正當想要發問時，古大夫已經開始忙活起來。

縱然天色已晚，但醫治石祐林的傷勢刻不容緩。拿起銀針的他，在石祐林的百會穴及後腦的幾個重要穴位扎下，然後拉起四方機器上的電線，把一隻隻的金屬夾夾在銀針上，接著一邊打開不同的旋轉鈕，一邊觀察石祐林臉部的表情和反應。

站在一旁觀摩的高小琪，只見機器上的紅燈亮了，還發出輕微的嗶嗶聲，房裡的光線雖然不是很明亮，但高小琪依然可以看到石祐林扎針的穴道肌肉，在古大夫打開機器後，規律的跳動了起來。有些吃驚的她，像發現新大陸似的看著古大夫，卻見他正屏氣凝神的幫石祐林把著脈。

不言不語的古大夫，又微微調了幾個旋轉鈕後，才打開那個立式的檯燈，瞬時，紅色的燈光，亮得讓高小琪感到有些刺眼。

古大夫將燈罩對準石祐林瘀血的部位，而後將自己手掌，放在燈下照了一會兒才離開，高小琪只覺得，被紅燈照射的地方已變得溫熱起來。

「那個……我可以問問，這兩臺機器是做什麼用的嗎？」高小琪一直都以為古大夫排斥文明產物，因此能讓他破例用上的，應該是很高科技的東西，可明顯這兩樣都不算是。

「有電線的那臺是電療機，使用一定電量的電流，透過銀針進入人體的穴道內，可以活化神經功能，促進人體的筋絡和血液循環。另一臺是紅外線燈，祐林的瘀血無法用外力去除，只好利用熱療的方式，儘快打通被瘀血堵塞的血管。」

古大夫記下石祐林的脈象後，接著對高小琪說：「雖然，這種治療方式不是最先進的，但以祐林目前的狀況而言，是最好也是最安全的。」

受到許多中醫觀點的薰陶，高小琪當然不會質疑古大夫的說法，但她的內心還是有很多疑問，「可是瘀血在腦內，肉眼又看不到，您要如何才能判斷治療是否有效呢？」

「所以要把脈確診啊！ㄚ頭。」古大夫露出這幾天來，難得的笑容，「凡是利用光、電、水、冷、熱、力等方式的，都是屬於物理治療的一種，只要結合中草藥內服或外敷，就能達到陰陽調合，增強修復自體器官的功效。」

「但不管是物理治療或是服藥，都要以脈象做為最終的確認。因為，脈象是血液在血管中運行的搏動，與臟腑氣血有極密切的關係，只要血液的運行受到一點兒阻礙，脈象就會立馬反應出來。」

「可是人體的血管那麼多，您怎麼知道是哪一條堵住了呢？」打從古大夫鐵口直斷高小琪的文明病後，她就非常想從書上得知把脈的奧祕，可惜書裡講的什麼脈位、脈象口訣，她看都看不懂。

「這就要取決於行醫的經驗了。脈象分為浮、沉、遲、數四類，人的身體一旦出了狀況，脈象就會產生不同程度的混亂現象，而醫者就是要從脈象的快、慢、強、弱，去推斷病患身體的寒、熱、虛、實，再結合望、聞、問、切，做出最正確的診斷。」興致盎然的古大夫，對高小琪這種打破砂鍋問到底的精神，是越來越欣賞了。

「雖然，祐林的內傷很難用肉眼來診斷，但依然可以從傷口是否紅腫、發炎，和皮膚表面的熱度來推論，瘀血究竟有多嚴重。再者，我把脈是為了確定電療機的電流，在祐林的筋絡裡運行的狀況，要是電流的強度不夠或過多，都可能會對祐林的傷勢造成嚴重的影響。」

原來如此！

高小琪本想再多了解一些筋絡、穴道的概念，但見不眠不休照顧石祐林那麼多天的古大夫，已經略顯疲態，她也不忍心再叨擾。

於是，點頭後的高小琪走到石祐林身邊，握起他的手，輕聲唸道：「祐林，你聽見了嗎？古大夫這麼努力的想辦法救你，你一定要趕快好起來，到時我再陪你，一起到後山看星星。」

即便古大夫很不希望石絜再來添亂，但也不能一直用藥物迷昏她，於是，就在石祐林脈象平穩的第二天，他就沒再給石絜餵藥。

「兒子，嗚……我兒子還沒有醒嗎？」驚醒後的石絜，一看到仍陷入昏迷的心肝兒肉，就止不住啼哭。無處發洩的她，轉而怒罵一旁的古大夫，「你，連個孩子都救不了，還敢自稱什麼活菩薩？」

「就妳這不修口德的潑婦，就算神仙下凡，也懶得救妳兒子。」古大夫氣得從椅子上站起，他實在無法跟這個失去理智的女人再待在同一地方，乾脆直接甩袖離開房間。

周媽見兩個人一見面就吵架，忙跟著出來，「古大夫，太太是擔心少爺才會口不擇言，您就別和她計較了。」

「我若要和她計較，就不會出來了。」嘆了口氣的古大夫，對著周媽說：「雖然我無兒無女，但祐林是我從小看著長大的孩子，如今成了這個樣子，說不心疼豈不是太沒有人性了？」

「那兩臺機器，真的可以讓少爺好得快一些嗎？」古大夫可以丟下太太不管，可忠心的周媽，還是得告訴她少爺的狀況，才能讓太太安心啊！

「至少，傷勢沒有繼續惡化。」語帶保留的古大夫猶豫了下，看向房裡躺著的那個人，「可祐林似乎有心事，他不想醒來。」

「有心事？不想醒來？」這周媽就不懂了，人都昏迷不醒了，還能有什麼心事？

「祐林對小琪是真心的，勸勸妳家太太別逼小琪走，否則，我擔心祐林這孩子不知道會鬧出什麼彆扭來。」

第十二章　祐林醒醒

「祐林，祐林，快醒醒！」

還在沉睡中的石祐林感覺有人在輕拍他的臉，還不斷搖著他的手臂，似乎有什麼緊急的事。睡眼惺忪的石祐林揉揉眼睛，見窗外的天都還沒亮，李思鵬就上趕著喊他起床，不禁問道：「什麼事啊？爸爸。」

「祐林乖，快穿好衣服，跟爸爸走。」山裡入夜後就涼得很，李思鵬怕不曾遠行的兒子凍著了，先拿了件薄外套給石祐林穿上，又輕手輕腳的拿了雙鞋來。

「要去哪兒？」石祐林想起昨晚爸媽大吵了一架，媽媽尖聲叫著要爸滾出這個家，這會兒爸爸該不會真要離家了吧？

「你別問，跟著爸爸走就對了。」李思鵬見低頭的石祐林猶豫不決，怕心軟的兒子會壞了他的事，於是將他一把抱起，急急走出門。

「不能丟下媽媽一個人。」感覺到事態嚴重的石祐林雙眼含淚，他知道爸爸想做什麼，但他不能和爸爸這樣一走了之。

「是你媽媽不要爸爸，她只要石家和大山裡的產業，根本不管爸爸的死活。不過祐林你放心，就算沒有石家，爸爸也絕不會讓你餓肚子的。」李思鵬悄悄地打開了後院的小門，見四下無人後，飛快的走出石家這座禁院。

「媽媽會哭的。」年紀還小的石祐林強忍著傷心，伏在李思鵬的肩上，抽抽噎噎的落下淚，媽媽一直把他視為自己的命根子，如果媽媽找不到他，肯定會哭得死去活來。

李思鵬見石祐林哭得凶，這才意識到兒子的不願意，他把石祐林放了下來，義正辭嚴的對著兒子說：「祐林，難道你想留在大山裡，一輩子沒出息？」

「我不想爸爸和媽媽吵架。」抹掉淚的石祐林，難以理解的看著李思鵬，不懂爸爸為什麼要喜歡上別的女人，甚至為了別的女人，不惜捨棄這個家。

「你媽媽根本不可理喻，我已經沒有辦法和她生活在一起了。可是祐林，你是我兒子，我不能讓你重蹈爸爸的覆轍，成為被石家囚禁、永遠走不出這座大山的男人。」憤憤不平的李思鵬，抓著石祐林細嫩的手臂解釋。

想當初，若不是他被錢逼得走投無路，死也不會入贅成為石家的女婿。

石祐林的年紀雖然小，但從家裡的工人、婆子口中傳出的話裡大概也猜得出，不外是爸爸想到城裡發展，可媽媽卻不願意丟下外公留給她的產業，所以，兩個人經常為此事爭執。

即便如此，但讓李思鵬下定決心離開石家的最主要原因，還是因為有了第三者的介入。

「那個阿姨比媽媽更漂亮嗎？爸爸寧願和那個阿姨在一起，也不要媽媽？」

被孩子這一問，尷尬的李思鵬喉頭一噎，回不出話來。

「媽媽雖然很嚴厲，但她除了爸爸，就只有我，如果我們兩個都走了，媽媽會活不下去的。」

年幼的石祐林看著發怔的父親，向後退了幾步，「爸爸有了新阿姨，還可以生弟弟和妹妹，可媽媽沒有了爸爸和我，就什麼都沒有了。」

「祐林……」這時的李思鵬，才意識到石祐林的話中有話。

石祐林從小就是思想獨立的孩子，他知道自己無法左右兒子的決定，「可是……繼續待在這座大山，你一輩子都會沒有前途的。」

「至少，媽媽有生之年有我陪著，不會感到孤單和寂寞。」石祐林不了解城裡到底有多誘人，但所謂的前途，哪裡比得上自己的親人重要？

但石祐林是李思鵬唯一的兒子，他不能眼睜睜的看著兒子的一生，就這麼葬送在貧窮與落後的大山裡。當機立斷的他狠下心，暗暗將口袋裡的帕子捲成一團，趁著石祐林沒有防備，猛地捏住兒子的頭，然後用帕子堵住石祐林的嘴。

「唔！」完全沒想到爸爸會這麼做的石祐林驚呆了，他急忙伸手推開李思鵬，可一個十歲大的孩子，哪有足夠的力氣推開一個大男人的束縛。

「祐林，現在的你還小，等大了自然會了解爸爸的苦心。」粗喘著氣的李思鵬，把努力掙扎的石祐林給抱了起來，再不走，萬一被人發現了可就逃不了了。

然而，就在李思鵬快走出村子口時，石絜已經帶著村長、周景和幾個高大的村漢，攔下了他。

「李思鵬，你這個白眼狼，我們石家對你不薄，你竟然敢恩將仇報，要把我的祐林給偷偷帶走。」雙眼赤紅的石絜一夜沒睡，擔心的就是這件事，沒想到，居然給她料中了。

李思鵬見石絜不僅早有準備，還帶著這麼多人，擺明了要將家醜外揚，於是豁出去的喊道：

「石家不過是把我當成播種的工具，妳所謂的不薄，就是用錢把我困在山裡一輩子罷了。」

「自從生下祐林後，妳的眼裡除了教孩子算計，除了和藥商的你來我往，還有什麼？不管我為石家做了什麼，在妳眼裡始終一文不值，現在的我，不過淪為被利用完的工具，食之無味，棄之又可惜的雞肋，如此而已！」

即使李思鵬擁有一個人人羨慕的美麗妻子，可他們早就沒有夫妻應有的性生活，石絜的高傲和冷漠，讓看得到卻碰不著的李思鵬幾近抓狂。

「所以你就可以把祐林帶走？別忘了，他是我們石家的人。」眼裡只有商業利益的石絜，從不認為需要和買來的人談什麼情義，因此，李思鵬的話對她而言，根本就沒有意義，她在乎的，只有石祐林這個兒子而已。

「可他也是我的兒子。」李思鵬緊緊的抱著石祐林，明知自己已經逃不了，但還是不願意讓石絜輕易的得到。

他拿掉石祐林口中的帕子，幾近哀求的問道：「祐林，你快告訴他們，你願意跟爸爸走，好不好？」

李思鵬明明清楚石祐林的答案，卻還要在石絜的面前這麼問，為難的石祐林在爸爸與媽媽間來回掙扎，咬著下唇，什麼話也不願意說出口。

可石絜見兒子轉頭這麼一瞥，卻什麼都沒說，當下心就慌了。她連忙向前抓住石祐林的手問：「祐林，你是媽的好兒子，你永遠都不會離開媽媽的，對吧！」

「我……」

見石祐林的心開始動搖，李思鵬毫不留情的推開石絜，罵道：「祐林跟著妳只會成為妳的傀儡，我不能讓我的兒子，變成受妳控制的廢物。」

「你才是廢物。」石絜也使勁兒的推開他，「我石絜的兒子有你這種父親，是他一輩子的恥辱。」

「妳！」氣極的李思鵬再也忍受不住，站起身的他，揚手就給石絜呼了個巴掌。

但長年在男人堆裡打滾的石絜，也不是那麼容易吃悶虧的，當下張著細長的十指，就往李思鵬的臉上抓去，兩個人就這麼不管不顧的，在眾人面前扭打成一團。

可憐的石祐林眼見父母相殘，卻不知道該幫哪一邊，家裡除了周景和兩個工人向前口頭勸阻外，村長和幾個漢子則站在一旁，用種鄙夷又嘲笑的眼光，等著看好戲。

「爸，媽，別打了。」村民的冷漠讓石祐林心寒，他哭求著，可仇恨的情緒淹沒了李思鵬和石絜，他們壓根兒聽不到，「兒子求你們了。」

周景見兩個人越打越激烈，怕真鬧出人命來，於是聯合工人一手一個，將暴跳如雷的李思鵬給架開，誰知道，不肯收手的石絜冷不防的一巴掌，重重的摑在李思鵬的臉上。

「啪！」火紅的五指印，瞬間烙在李思鵬那張俊美的臉上。

想那李思鵬一個大男人，如何忍得下在眾人面前受到這樣的屈辱，齜牙裂嘴的他大吼，抬腳就要向石絜的腹部踹去。

一旁的石祐林見狀，立馬奔向前抱住了石絜，於是李思鵬這一腳，就直接踹在石祐林的身上。小小年紀的他重心不穩，身子板一軟，就直接撞倒在旁邊的土牆上。

「祐林！」嚇極的夫妻倆同時驚喊。

石絜第一時間將跌倒的石祐林扶了起來，但見他雙眼緊閉，表情極為痛苦，便驚恐問道：「祐林，傷到哪兒？疼不疼？」

「媽……」石祐林努力想睜開眼睛，可他的頭，好痛，「別……打了。」

驚慌失措的石絜，正要抱起兒子檢查傷勢，這才覺得自個兒的掌心又溼又熱，抖顫著四肢的她將手伸出一看，竟全都是血。

「不！祐林，別嚇媽，你別嚇媽啊！」石絜拍著兒子的臉，不斷尖喊著，可針刺似的疼痛直往石祐林的頭裡鑽去，直到石絜的呼喊聲離他越來越遠，越來越遙遠……

☆☆

「祐林，我們來玩躲貓貓的遊戲，我躲在被子裡面，你得想辦法把我捉出來，如果捉不到，我就在被子裡睡，你在被子外睡。來，開始嘍！」

躲貓貓是小孩子才玩的遊戲，沒想到，高小琪會想用這種方法懵他。也好，反正石祐林也不想這麼早睡，玩累了總比睜著眼睛到天亮好。

在心底暗暗發笑的石祐林，被動的伸手去拉被子，卻惹得高小琪一聲驚叫，「啊！不可以。」

明知道媽媽在房外盯著，她應該是故意叫給媽媽聽的吧！

既然要作戲，那就作足些。被激起興致的石祐林，認真的與被子裡的高小琪拉扯了起來，還一邊高喊著，「在這兒，捉到妳了。」

兩個大孩子在房裡玩得熱火朝天，外頭的人卻以為成就了好事。

「呼呼！不行了，我投降。」幾天沒吃飯的高小琪，不到一會兒就陣亡了。餓得手腳無力的她，腦筋一片空白，根本已經忘了原先的計畫，也管不了石祐林是不是會對她怎麼樣，直接悶在被子裡面趴著睡倒。

「喂，還沒玩夠呢！」過了許久都不見動靜的石祐林，伸手推了推，發現高小琪一動也不動了，嚇得趕緊把被子掀開。

「原來是睡了。」前一晚還裹著被子不敢睡，今兒個就撐不住了，難道高小琪已經不怕他了嗎？看著四肢全蜷在一起的高小琪，躲得像隻貓兒，石祐林溫暖的笑了，他輕輕移動高小琪的身體，讓她平躺在炕上，再幫她蓋好被子。

石祐林知道明早天一亮周媽又要來查房，不留點證據，高小琪是絕過不了媽媽那一關的。於是他憋住氣，用手朝床角上猛力一撞，磕出個洞來，然後再往床單上抹了幾下，雖然血漬不是很明顯，但應該可以瞞的過。

「小琪，雖然現在的妳，還不願意成為我的媳婦兒，但為了避免妳被那些人口販子賣給別的男人，我只能勉強把妳留下來。不過，相信總有一天，我會讓妳喜歡上我的。」

勾起脣角的石祐林輕撫著高小琪的臉頰，而後將雙脣，輕輕的啄在高小琪的脣上，「安心睡吧！我的媳婦兒。」

☆☆

「喂！你，你流鼻血了。」剛睡醒的高小琪，見一旁的石祐林臉上掛著兩條血痕，嚇得差點大叫。

「糟了！又流血了。」」石祐林趕緊用手捂住鼻子。

自從吃了周媽燉的藥膳蛇肉湯後，石祐林不僅晚上睡不好，晨起也容易流鼻血。飽讀醫書的他當然知道是為什麼，可現在的高小琪還不能接受他，吃再多蛇肉，喝再多蛇肉湯，也英雄無用武之地啊！

「怎麼會這樣？」雖然，高小琪只打算和石祐林做對假夫妻，但連日來的相處讓她發現，善良的石祐林並不會傷害她，所以看到這種狀況，自然也會以朋友的立場關心他。

「不，沒事兒，一會兒就好。」尷尬的石祐林，連忙拿起床頭的白帕子，將鼻血堵住。

「我來幫你。」見石祐林鼻血流個不停，高小琪趕緊將毛巾打溼，放在石祐林的鼻梁上降溫。

正常的男人早晨醒來，本就會有一點生理反應，尤其石祐林近日補得多，再加上高小琪身上的女兒香，讓他整個人的血氣瞬間上湧。

只是，一直把石祐林當孩子看待的高小琪，哪裡想得了這麼多，拿著溼毛巾冷敷的她，與石祐林面對面的坐著，呼吸著同樣的呼吸，簡直讓下身發脹的石祐林，難受的想死了。

「那個……我還是去沖個涼比較快。」實在忍不住的石祐林，隨手抓了件衣服遮住敏感部位，也管不了高小琪投來的異樣眼光，直接奔往浴室。

☆☆

石祐林越來越不喜歡整日在高小琪身邊打轉的周于，他們倆總有聊不完的天，打不完的趣兒，讓石祐林感覺自己被冷落。可是，他又不能多說話，怕一時忍不住就會露了餡兒。

「像這天門冬啊！專治久咳不癒，就連治咯血都很有效。」周于指著已經長了七、八成的天門冬，在高小琪面前大力吹噓。

但石祐林知道，天門冬雖然治咳嗽，可因為性寒，若是身體虛寒所引起的咳疾，則絕對不能服用的，而且需要加入人參、熟乾地黃和煉蜜一起煉治，才能使藥見效。而且，天門冬最大的經濟效益並不在此，因為，它對細胞型的白血病有一定的抑制作用，所以具有抗腫瘤的奇效，石祐林才會透過古大夫，建議石絜大量種植。

出生在草藥世家的石祐林，自幼就看遍家中各類的草藥書籍，對各種草藥的栽培、煉治、功效無一不通，若不是得在大家面前裝傻，恐怕連古大夫都沒他了解得多。因此，當高小琪失望的問他還懂些什麼時，石祐林真的恨不得告訴她，自己一點兒都不傻。

石祐林之所以把高小琪帶去小山坡看星星，就是想讓高小琪明白，兩個人的相處，不僅僅是言詞上的推敲，更重要的是心靈的契合。令石祐林慶幸的是，高小琪不像其他姑娘只注重物質上的滿足，她和石祐林一樣，都嚮往在大自然的情境中，讓那顆拘謹的心得到解放。

而當高小琪倚在石祐林的臂膀上說：「以後你不孤單了，我陪你一起！」時，熱血澎湃的他簡直欣喜若狂。因為石祐林知道，他終於找到一個能和自己心靈相通的伴侶，而不僅僅是名義上的媳婦兒。

所以，越來越有默契的兩個人，經常在石家後院散步時，討論各種藥草的種植方式。雖然，石祐林不能表現出自己熟知的常識，但他把珍藏的書籍都給高小琪看過後，她很快就摸索到其中的奧祕。

漸漸地，高小琪不再排斥石祐林的碰觸，有時，晚上甚至會滾到他的懷裡，親密的窩著。即使，石祐林會因此興奮的無法入眠，但只要見高小琪睡得香甜、安穩，他就心滿意足了。

可惜好景不常，就在石祐林期待著和高小琪成為真正的夫妻時，石絜卻毫無預警的打算把她賣給別人。縱然清楚自己的媽媽在商場上從不吃虧，但石祐林再怎麼也無法想像，媽媽居然狠心的將一個活生生的人，當成貨物一般看待。

高小琪沒有懷上孩子，是因為石祐林從自己的父母身上，看到買賣婚姻帶來的種種不幸，讓他不願再重蹈覆轍。可現在的高小琪已經對石祐林有好感了，他相信假以時日，高小琪一定會心甘情願的做他的媳婦兒。

即便石祐林曾答應要在大山陪母親一輩子，但事到如今，救高小琪要緊，他只能待日後再向母親請罪。

可帶著高小琪慌亂逃出石家的石祐林，怎麼也想不到，阻斷他跟高小琪去路的，不是自己的媽媽，而是與他們完全不相干的村民。

石祐林想起家裡，工人和婆子之間的閒言碎語，那些逃跑不成的女人，最後都落得什麼樣悲慘的下場。這時的他雖然感到恐懼、害怕，但更激起了要保護自己女人的鬥志，然而整日看書寫字的石祐林，哪裡敵得過那些山野粗漢子的狡詐？

昏迷前，他依稀聽到了高小琪驚恐的哭喊聲，但愧疚的石祐林，只能在心裡怪自己，「小琪，對不起！不中用的我，終究……還是保護不了妳。」

第十三章　無情無義

為了防止臥床的石祐林，產生褥瘡以及肌肉萎縮，周媽每天都要花上一、兩個小時替他翻身、按摩。眼見原本就不甚健壯的兒子，不僅昏迷不醒，還一日日的消瘦下去，悲傷欲絕的石絜，有時抱著石祐林痛哭，有時又指著古大夫破口大罵，精神狀態越來越無法控制。

古大夫擔心這樣的石絜，有天會受不住壓力而崩潰，乾脆讓人強灌她湯藥，讓她待在房裡休息。

「讓阿姨一直昏睡沒有關係嗎？」高小琪雖然信任古大夫，但任何藥物服用久了，多少會對身體造成一定的影響，高小琪實在不希望石家再有人，因為她而受到傷害。

「總比哪天她拿刀砍人的好。」古大夫冷冷的回了句，似乎對高小琪的擔心不以為意，「多跟祐林說說話，好刺激、刺激他，這小子，有點兒想偷懶。」

瞪大眼睛的高小琪愣了好一會兒，才意識到古大夫的話中有話，「您是說，祐林他……已經醒了？」

「身體是醒了，但腦袋還不想醒。」微微勾起唇角的古大夫點點頭，和聰明的人說話就是省事，「扎針時，肌肉神經的反應變得快速且明顯，筋絡也暢通了，後腦勺的瘀血雖然還有，但再治療些時日，應該可以順利去除。」

「可是，祐林他……」高小琪還是懷疑。

「妳只消跟他說，不願待在這兒守活寡，估計他立馬就跳起來了。」古大夫明明年紀一大把了，卻還是喜歡口無遮攔的打趣一個小姑娘。

雙頰飛紅的高小琪扭過頭，磨磨蹭蹭的走到床邊，也不知道要怎麼開口，才能表達古大夫的意思，只好默默的盯著躺在床上的人兒瞧。

古大夫見高小琪沒有反駁，乖乖的走到床邊，卻什麼話都說不出，便暗自在心中發笑，「祐林你這小子有福啊！把人拐到手了才裝死，現在，人家小姑娘可是茶飯不思、死心塌地的等著你醒來，千萬別怪老頭子不給你機會啊！」

揚揚眉的古大夫輕哼一聲，臨走前，還不忘順手把門關了起來，好留給小倆口一個安靜的私密空間。

高小琪見古大夫走了，想想用言語刺激病人，好像也是一種好方法，這才大膽的握住石祐林的手，喃喃說道：「祐林，你真的醒了嗎？如果醒了就趕緊睜開眼，你媽急的都快瘋了。」

頓了好一會兒，高小琪見四下確實無人，這才放開心胸的說：「祐林，是我不好，如果不是為了我，你就不會受傷，拜託你醒一醒，醒一醒好不好？」

古大夫該不會在懵她的吧！話說了老半天，石祐林還是一點兒反應都沒有啊！

失望的高小琪垂下頭，連日來的精神緊張，讓她頭疼的老毛病又犯了，可即便是這樣，她也不敢勞煩古大夫幫她看病，因為，跟躺在床上的石祐林比起來，這點苦是她應該要受的。

「我是出生在距離這裡千里之外的臺灣，是完全不同於你們的自由地方，那裡講法治、重人情，每個人都擁有婚姻的自主權，所以，我沒有辦法接受和一個我不愛的男人在一起。我耍心機的討好你，是想讓你乖乖聽我的話，好騙過你媽和石家的人，可你這個笨蛋，從來都沒有懷疑過我。」

高小琪一邊自言自語，一邊伸手按著自己抽痛的太陽穴，忍不住落下了淚，「為什麼要對我這麼好？我一直在騙你，一直想趁你們沒有防備的時候逃離石家，甚至在你昏迷不醒時，都想利用你來聯絡爸爸救我出去，可你這個傻瓜、笨蛋，為什麼要救我？為什麼？」

越說越激動的高小琪，乾脆趴在石祐林的身上痛哭，「我才二十歲，不僅學業沒有完成，還有很多理想要去實踐，你不能讓我背負一個伯仁因我而死的罪名，內疚一輩子。沒有你的石家要怎麼辦？沒有你的阿姨要怎麼辦？你不能丟下我們不管，不可以，所以祐林，你快醒一醒，醒一醒啊！」

幾乎崩潰的高小琪，管不了病人有沒有知覺，她一手抓著石祐林的衣服，一手則在他的胸口上不斷捶打，「石祐林，你不是說要保護我一輩子嗎？難道，那也是騙我的嗎？如果，你有一點點喜歡我，就快點醒過來，我會認真考慮要不要留下來，別以為我會一直守在這裡、守著你一輩子，你別想。」

現在的石祐林雖然傷口痊癒了，可身體還是軟得像灘泥，高小琪的拳頭打在他身上，就像打進軟綿綿的麵團裡，根本毫無作用。

「石祐林，像我這種無情無義的女人，是絕對不會同情像你這樣的笨蛋，別以為你裝死就可以留住我，我會丟下你離開的，我真的會走的！」語無倫次的高小琪漲紅著臉，已經搞不清楚自己在講些什麼，哭得全身發抖的她，用上僅有的力氣呼喊著眼前的人，偌大的眼淚，一串串的滴在石祐林的臉上。

「好……好疼！」

突然的囈語，讓陷入失心瘋的高小琪嚇了一跳。

連忙停止抽泣的她，吸了吸鼻腔裡的溼意，聚精會神的看著眼前動也不動的石祐林，難道，是她產生幻聽了嗎？

「我……我的手。」

驟然的脣語，讓兩眼發直的高小琪驚呆了。

無法動彈的石祐林又皺了皺眉頭，高小琪才發現自己緊握拳頭的手，正壓在他的雙臂上。

「啊！對不起！」高小琪幾乎跳了起來。

「祐林，你醒了嗎？你真的醒了嗎？」眼淚再次奪眶而出的高小琪，猛拍著石祐林的臉頰，「古大夫說你不能睡，千萬不要再睡了。」

清醒後的石祐林終於恢復了知覺，可他不僅臉痛、手臂痛，就連胸口都覺得隱隱在作痛，難道，高小琪是把他打醒的嗎？

「我不睡了，不睡了。」努力睜開眼的石祐林，緊緊抓住高小琪的兩隻小手，幾近哀求，「所以，妳別走。」

誰要走了？

愣了下的高小琪反應不過來，過了好一會兒，才想起自己剛剛情急時說的話。

古大夫真的是神醫，就連說什麼話，能刺激石祐林醒過來都知道。

「你這個傻瓜。」喜極而泣的高小琪，抱著石祐林大哭，「那你要二十四小時都看著我，不然我就會趁機逃跑，到時你就沒有老婆了，知道嗎？」

雖然伏在身上的高小琪有點兒重，但石祐林還是勾起脣角的笑了，他勉力的伸手拍了拍懷裡的人兒，問：「那妳，願意當我媳婦兒了嗎？」

一句隱忍許久的話語，從石祐林的心口鳴振開來，又羞又惱的高小琪，將臉埋在石祐林的懷裡，嬌嗔道：「你作夢！我才不嫁給傻瓜。」

「傻瓜不好嗎？傻瓜為了妳，連命都可以不要。」低頭輕啄高小琪的額髮，石祐林使盡力氣摟緊了她，略帶沙啞的嗓音帶著些許的感性，與平日嚅嚅囁囁的幼稚口吻，大不相同。

「以後不可以。」感動莫名的高小琪淚盈滿眶，「你要變得比我更努力、更聰明，否則，我就甩了你。」

因為躺在床上的時間過久，導致石祐林的雙腿很難使上力，高小琪想起古大夫曾說，後腦的瘀血，會讓石祐林的四肢活動受到影響，嚇得幾天幾夜都沒睡好。幸好，在古大夫的針灸，以及電療與紅外線燈的持續輔助下，終於恢復了正常。

現在的時節已近冬天，夏季跟背篼隊伍買的新鮮魚肉早就吃完了，可為了給石祐林補充更多的營養，周媽還是讓周景到城裡多買些鮮魚，和牛、羊肉，搭配古大夫叮嚀的湯藥，一起煮成藥膳給石祐林吃。

還有，高小琪也經常幫石祐林按摩小腿上的足三里穴道，讓他的食慾增加不少，身體很快就長肉了，人也精神了許多。

可是，就在一家人為逃過一劫的石祐林歡天喜地時，古大夫卻宣布了另一件讓人錯愕的事。

「什麼！古大夫，你說我媽媽她……」

「你媽失憶了。」嘆了口氣的古大夫搖搖頭，「而且，精神狀況也很不好。」

「怎麼會？」這晴天霹靂，簡直讓剛痊癒的石祐林，無法接受。

「自從你受傷後，你媽的情緒就處於極度的混亂中，雖然我一直用藥物在控制，可惜，她終究還是撐不住。」古大夫有些懊悔自己的輕忽，他一直以為，石絜是個性格堅韌的女人，應該可以熬得過，沒想到……

沒等古大夫說完，石祐林立馬就衝到石絜的房裡，推開門，只見神情呆滯的她，坐在炕上看著遠方，與平日神情專注、目光犀利的母親，判若兩人。

「媽。」愧疚不已的石祐林，跪在石絜面前，拉起她的手輕喊著，不相信才十幾天的時間，那個聰慧、美麗的母親，儼然成了一個深宮老婦。

可是，石絜似乎沒有感覺到他的存在，心痛難忍的石祐林又喊了聲，「媽，是我，我是祐林啊！」

一聽到「祐林」兩個字，恍然的石絜才回了神，她努力將焦距，集中在眼前這個陌生的大男孩身上，直過了許久，才猛然驚醒。

宛如看到仇人的石絜，狠狠的推開石祐林，並指著他破口大罵：「滾開，你這個沒心肝的白眼狼，還回來石家做什麼？」

被推倒在地的石祐林，看著一直視他為命根子的母親，難以置信的說：「媽，妳忘了我了嗎？我是妳的兒子祐林啊！」

「胡說，我的祐林是個十歲孩子，你明明就是李思鵬。」石絜怒罵。

沒想到，古大夫說的是真的。石絜的記憶，居然停留在十二年前的那個時候，現在的她，連自己的兒子都認不出來了。

傷心欲絕的石祐林，被自己的媽媽一推倒，他身後的高小琪就連忙跑過來扶住，石祐林的傷才剛好，可不能再出半點兒差池。

誰知道，石絜一見兩個人親密的這一幕，像聯想到什麼似的，伸手就揪住高小琪的頭髮，尖聲喊道：「妳這個賤人、狐狸精，竟然恬不知恥的進到我石家大門，我今天非要好好教訓妳這個狐狸精不可。」

話都沒說完的石絜，像發了瘋似的，伸手就狠狠的呼了高小琪一巴掌，高小琪怕激怒生病的石絜，根本不敢反抗，只能用兩隻手護住自己的臉，免得受傷。

石祐林見情況不對，連忙拉住石絜的手，喊道：「媽，她是小琪，妳認錯人了。」

本來站在門外的古大夫，聽到房裡亂成一團，也匆匆的跑了進來，他急急抓住石絜的雙臂，高聲勸著，「石絜，妳清醒點兒，他們是妳的兒子和媳婦兒。」

「胡說，她分明就是李思鵬的那個狐狸精，你們還想連成一氣來騙我？」石絜雖然認得古大夫，但是現在的她，已經完全不信任男人，誰來都勸不住。

「我看你們還是先出去，讓她冷靜一會兒再說。」使勁兒拉住石絜的古大夫，向石祐林勸道。

他本以為，石絜會認得石祐林這唯一的兒子，沒想到，竟會把他錯認為李思鵬。

「可是……」從來沒有見過母親如此失態的石祐林嚇慌了，但他也擔心古大夫一個人，會應付不來啊！

「祐林，阿姨的情緒實在太激動了，我看暫時讓古大夫勸勸她，我們還是趕緊找周媽來幫忙的好。」高小琪見石絜下手的力道毫不留情，怕她真傷了石祐林就麻煩了。

「小琪說的沒錯，周媽比較了解你媽的性子，還是讓她來勸勸。」即使古大夫是醫生，但石絜畢竟是個婦道人家，他一個大男人，也不好繼續跟石絜拉拉扯扯，讓人傳了什麼閒言碎語，對石絜的聲譽可就不好了。

「好，那麻煩古大夫，我去去就來。」當機立斷的石祐林，拉著高小琪轉身找人。

「唉！真是一波未平，一波又起，石絜，我好不容易才救活妳兒子，妳能不給我添亂嗎？」

石絜因為承受不住失去兒子的痛苦，所以選擇短暫性失憶，就算古大夫再怎麼妙手回春，但心病還是得心藥醫啊！

可惜，無論石祐林如何在石絜的面前苦苦哀求，訴說他已經長大的事實，石絜都聽不進去，她的心，轉眼成了銅牆鐵壁，只想將自己困死在過往的仇恨裡。

最讓石祐林感到難過的，是石絜一直將他錯認為李思鵬，一見到他情緒就格外激動，而高小琪則被她當成那個素未謀面的第三者，伸手就要打，嚇得石祐林都不敢讓高小琪靠近媽媽。

只是石絜這一病，石家的草藥經營幾乎斷了線。

自從石老太爺過世後，都是石絜一個人在撐起家計，裝傻的石祐林對家裡的狀況，根本一點兒概念都沒有，更遑論接手這麼複雜的事業。幸好，石絜長期培養的左右手周媽持家得宜，再加上，經常幫自己媽媽管理家庭收支的高小琪，也看得懂石絜記的帳本。

所以，在三個人努力分工合作之下，石祐林終於順利的掌握了石家的整個經濟狀況。

第十四章　鏡花水月

時節正值初冬，為了應付農歷年前藥補和送禮的需求，中草藥的交易變得極度熱絡，尤其是貴州特殊的珍貴藥材如：金鐵鎖、竹節參、珠子參、天麻和杜仲，更是供不應求。

石祐林靠著往年固有的訂單，將藥商預購的藥材分批打包，趁著大山還未被雪封路之前，透過村長帶領的隊伍逐一送貨出山。

本以為石絜這一病，今年生意肯定做不成的村長，在得知石祐林一夕之間突然不傻了之後，簡直要跪下來向老天磕頭。

想當初，他好心的幫石家挑了個媳婦兒，讓石祐林得以繼承香火，不管怎麼說都是功德一件。更何況，現在藥材也得靠他運送才能出山交易，石祐林這新當家的，多少得惦記著村長的好處才對。

一邊綑著成堆藥材，一邊又不停打著如意算盤的村長，得意的連臉上的魚尾紋都擠成一條條深溝。

石祐林即使不傻，可畢竟年輕，哪裡懂得商場上的你來我往？石家沒有了石絜，對外就只能靠村長一手遮天，到時別說呼風喚雨了，就算他把石家吃乾抹淨，也沒有人會發現。

一想到這裡，笑得嘴角抽風的村長硬憋著氣，顛著有些佝僂的身體不斷抖動。

老天開眼，他覬覦已久的這塊肥肉，終於要落入自個兒的手中了，也不枉村長忍辱負重，在石絮那個臭娘兒們面前，低聲下氣了那麼多年。

「死老頭兒，又在打哪家婆娘的主意？居然笑得一臉淫蕩。」一個挑簍子的老婦，舉棍打在村長的腰背上，惹來不防的他一聲驚呼。

「唉唷！妳……妳這說哪兒去了，俺哪裡笑的淫蕩了？」咂咂嘴的村長，伸手揉了揉被打疼的腰，卻連開口罵人的勇氣都沒有。

原來，這個老婦就是當日阻止石祜林帶高小琪逃跑的女人，也是村長的老婆。

「你們這些臭男人，就算那話兒爛光了，腦子裡想的，也盡是那些骯髒的齷齪事兒。」憤憤放下竹簍的老婦，一臉鄙夷的瞪視著村長，「別以為我不知道你到城裡都幹了些啥好事，也不想想你一把老骨頭了，就不怕連命都給搭上？」

「冤枉啊！俺……俺真的沒有。」村長用那長滿老繭的粗手掌抹了抹臉，湊近老婦陪笑道：「俺是啥底子，老婆子妳最清楚不過了，況且，古大夫也說重話了，俺咋敢再亂來。」

「那你上回去城裡帶那麼多錢做啥？」精明的老婦，可沒有打算便宜的放過村長，繼續追問道。

「不就是給咱兒子和孫子，一點零花嗎？」村長忙將簍子裡面的山菜給倒了出來，然後拿來兩個木凳子，和老婦一起擇菜，「城裡的花銷大，咱乖孫吃的、穿的、用的，怎麼能落人後呢？所以俺拿了點錢給兒子，讓他別虧待了咱孫子。」

「算你有心。」緊迫盯人的老婦終於鬆了口氣，反而感嘆道：「說來都是兒子不中用，白花花的銀子娶了個凶婆娘，把咱的乖兒子吃的死死的，連同孫子也要看她臉色過日子，真是家門不幸。」

「總歸是人家的肚皮爭氣，哪像石家那媳婦兒，到現在一點兒動靜都沒有。」老婆子已經不是第一次數落兒媳婦了，村長得趕緊轉移焦點，免得她發起火來，連午飯都沒得吃。

「那是，女人長得再美，生不出兒子頂個屁用？」揚揚眉的老婦得意起來，刻薄的笑道：「指不定是那個傻兒子，連咋睡女人都不懂。」

「不會吧！那豈不是太暴殄天物了？」暗暗在心裡奚落石祐林的村長，雖然也想搭話，但一想到言多必失，為了不讓老婆子有發火的機會，只好低頭默默擇菜，隱忍著不敢說。

☆☆

為了儘快接手石家的事業，石祐林每天都忙到很晚才睡。

雖然，古大夫特別叮囑大病初癒的他，不能過於勞累，但也明白以石家的現狀，石祐林已經不得不挑起這個擔子了。

因此，周媽每天三餐，都要想辦法弄些補的藥膳，給石祐林補添點氣力，而高小琪除了記帳外，也將那些複雜的藥廠資料，重新整理、謄抄，好讓石祐林方便聯絡。

古大夫為了照顧和觀察石絜的病情，直接從他的小藥鋪搬了過來，石祐林不敢委屈古大夫，便把最好的客房讓給他去住，可這麼一來，高小琪就沒有別的房間可睡了。

自從知道石祐林是裝傻之後，高小琪就一直想要搬出原來的房間，即使她口頭上願意和石祐林在一起，但兩個人畢竟沒有正式的辦理結婚登記，每天同睡在一張床上，還是有點尷尬。

不巧的是石絜發病，古大夫搬進石家，石祐林又為了生意的事忙得昏天暗地，高小琪實在沒辦法在這個節骨眼上，再跟他提分房睡的事。可是，山上的天氣越來越冷，和石祐林同蓋一條被子的高小琪，總是輕易的就被他的體熱給吸引過去。

雖然，石祐林還是一如往常的抱著她，讓自個兒充當免插座的電暖器，但高小琪還是可以明顯的感覺到，他身體的微妙變化。在無法分房睡的情況下，高小琪只好佯稱自己蓋不暖，請周媽多拿一條被子來，好解決兩個人身體碰觸的尷尬。

對於高小琪的這種小心思，石祐林並不是看不出來，打從自個兒病好後，高小琪總是早早的進房，刻意的窩在最裡面的一角睡，彷彿怕自己吃了她似的。

不管石祐林是真傻還是裝傻，只要高小琪不願意，他是絕不會勉強她的，可周媽說，她居然要自己蓋一條被子，這樣和分房睡有什麼區別？還算是夫妻嗎？

所以，當摸黑進房的石祐林，見高小琪像防賊似的裹著一團棉被睡時，整個人瞬間就鬱悶了。石祐林想起當時高小琪哭著說，她隨時會離自己而去的那番話，不禁覺得心酸。

終究，高小琪對他的好只是鏡花水月，到頭來，石祐林對愛情的美好期盼，仍是一場空。

之前，石祐林不讓周于和高小琪搭話，總是讓他遠遠跟著不能靠近，但自從講義氣的周于救了高小琪後，石祐林對他就不那麼排斥了，所以，周于又恢復成高小琪的小跟班。

只是，以往兩個人習以為常的親密舉動，在石祐林病好後，反而完全看不到，這讓心眼兒多的周于，不禁暗暗琢磨起，這對小夫妻是否出了什麼問題。

「你倆最近是咋了，一天說不到兩句話，跟少爺鬧彆扭了嗎？」

「沒有啊！他事多，又忙。」即使高小琪也發現了石祐林的不對勁，但她最近的心情也是亂得很，就沒敢在周于面前承認。

「得了，瞎子都看得出來你倆有問題。」完全狀況外的周于，沒理會高小琪投來的那一記白眼，繼續說著：「以前少爺傻的時候，都沒讓我跟著妳，現在反而暗示我要時時看著妳，妳說，這代表了啥？」

「代表什麼你得去問他，問我做什麼？」石祐林幹嘛要周于時時看著她，她又不是賊。

有些生氣的高小琪站起身來，直接走了出去，而周于果然像個跟屁蟲似的，立馬就追了上來。

「小琪，少爺為了妳，可是把命都給豁出去了，妳可不能辜負了少爺。」周于的腳程快，即使高小琪已經是接近小跑步，可腿長的他，依然跟的毫不費力。

「辜負什麼？我連石家大門都踏不出去，我能辜負他什麼？」被周于這麼一問的高小琪，瞬時覺得委屈，一股酸液就這麼溢上了喉嚨。

「他是少爺，你們所有人都只圍著他打轉，替他著想，可我呢？我只是石家花錢買來的工具，沒有身分、沒有地位，一個什麼都不是的外人。」

「那個……我是不是說錯話了，妳……妳別哭啊！」看著高小琪眼淚嘩啦啦的直流，莫名的周于慌了手腳，他不過是想替少爺說說好話，讓小倆口和好，可沒想到會惹高小琪哭啊！

「就算要結婚，也得先有感情不是嗎？沒有戒指、鮮花，連下跪求婚的誠意都沒有，就要我嫁給他，有這麼欺負人的嗎？」

一邊抹淚、一邊喃喃自語的高小琪，哭哭啼啼的講了一串話，只可惜，住在大山裡的周于，哪裡聽得懂現代偶像劇裡求婚的戲碼，只能在一旁瞎猜測。

「要花還不容易，後院到處都有。妳想要什麼顏色，大紅的？大紫的？我一會兒就採來給妳。」急著安撫高小琪的周于根本搞不清狀況，只想著怎樣哄她別哭。

「你，你們都是笨蛋！」氣的一把火的高小琪，哭著跑回房間，怕出亂子的周于拔腿就跟了上去，而最後這一幕，恰巧給路過的石祐林看到了。

「原來，妳喜歡的，真的是周于。」又酸又苦的滋味兒，在石祐林的心裡翻滾，胸口更像有無數隻蟲咬似的，讓他的心窩子一陣陣的犯疼。

苦笑的石祐林合起手上的帳本，獨自默默的走回自個兒的書房，那才是真正屬於他的地方，困守他這個石家少爺，一輩子的所在。

當晚，石祐林什麼話都沒交代，就自個兒窩在書房睡，挨到半夜的高小琪，還以為石祐林在忙，直等到禁不住睏意，才沉沉睡去。可接下來的日子，石祐林都沒有再回原來的房間，甚至連跟高小琪解釋為什麼都沒有，這才讓高小琪意識到事情的嚴重性。

石祐林厭煩她了嗎？為什麼？

自從他接手石家的事業後，兩個人相處的時間就越來越少，有時，甚至連吃飯都碰不到面。石祐林一方面叫周于看緊她，一方面又不理睬她，高小琪實在搞不懂，現在的石祐林心裡，到底對她有什麼打算？

掌管家務的周媽，當然很快就知道了這件事，她找來周于問了老半大，可他也說不上兩個人在鬧什麼彆扭。周媽只好來找古大夫，雖說他是個外人，卻是除了石絜以外，和石祐林最親近的人。

「估計是小琪那丫頭鬧騰了吧！」呵呵笑開的古大夫，沒有周媽想像中的緊張，反而一派輕鬆的樣子，「打是情、罵是愛，小倆口吵架是好事，妳就別瞎操心了。」

周媽想：這世上除了古大夫，有誰敢說夫妻吵架是好事？

再說了，什麼打是情、罵是愛，周媽給周景打了半輩子，難道也是情愛不成？

雖然古大夫說不用擔心，但周媽還是叮囑周于要小心看著高小琪，免得出什麼亂子，現在石絜都成這樣了，石祐林千萬不能再有事。

第十五章　杯酒釋權

就這樣猜疑揣測的過了幾日，實在按捺不住的高小琪，終於來找石祐林攤牌了，「我想打電話給我爸報平安。」

書房裡的座機，是石家唯一可以對外通訊的設備，也是唯一可以把高小琪帶離開石家的管道，她想知道，石祐林究竟會不會讓她如願。

正在整理訂單的石祐林抬起頭，深邃的黑色瞳孔帶著點訝異，卻也沒多問，只簡單的回了句：「嗯。」

緊鎖眉頭的高小琪深吸了口氣，果斷的拿起話筒，直接按下她心心念念的那個手機號碼。

「對不起！您撥打的用戶已關機，請稍後再撥。」怦怦直跳的心口，在聽到話筒裡傳來的聲音後，瞬間停了一下，而後變得和緩。

高小琪知道爸爸的工作很忙，不可能一直停留在大陸，手機撥不通表示他回臺灣了，於是，她打算改撥另一組電話。

「周于知道嗎？」始終保持靜默的石祐林，突然冒出了這一句話，打斷高小琪的撥號動作。

「關他什麼事？」搞不懂石祐林腦袋在想什麼的高小琪，有些發火了。

「妳就這樣離開，我想……他應該會很難過。」撇過臉，心虛的石祐林，避開和高小琪的目光接觸。

「那你呢？你不難過嗎？」掛上話筒的高小琪，衝著石祐林問：「我要走了，你就沒有什麼話要對我說的嗎？」

「我……」

「現在你有了事業，就不需要我了，是吧？」憋了好幾天的悶氣，無處發洩的高小琪終於找到了出口，面對石祐林的漠不關心，憤憤難平的她在書房裡不斷的來回踱步，猶豫著到底要不要把話給說絕。

以前的石祐林雖然傻，卻整天圍著她、哄著她、寵著她，把高小琪當成世界中心一樣打轉。可現在的石祐林正常了，就像所有男人一樣，眼裡只有工作、工作、工作。

「既然你已經不需要我，我還死皮賴臉的留在這裡做什麼？」說好不哭的，然而眼淚還是不爭氣的流下來，高小琪一手揮掉心裡的不甘，一手拿起話筒，打算再次撥電話給陸雄。

「我從來沒有說不需要妳。」有些激動的石祐林，伸手按住高小琪在話筒上的手，「只是妳……妳……」

石祐林實在做不到，把高小琪喜歡周于的事當面說出來，可是，高小琪似乎誤會他什麼了，「妳更需要的，是周于。」

誰需要周于？石祐林到底在說什麼啊！

「所以，你讓周于成天盯著我？」女人的敏銳直覺，讓高小琪瞇起了眼睛。

「是他喜歡陪著妳，我壓根兒沒有讓他去。」

「那你為什麼不讓我到書房來幫你？」

「古大夫說妳得多晒太陽、多活動，書房裡悶，對妳的身體不好。」

「你這個傻子、笨蛋，到底要撞幾次，腦子才會變正常？」又好氣又想笑的高小琪，衝口而出。

然而，高小琪的這一串話，又讓石祐林鬱悶了。

之前高小琪才罵周于笨，現在又罵他，難道在高小琪的心目中，他和周于的腦袋是同一個級別的？

「大山裡的男人就是這樣，如果……如果妳覺得撞一撞腦子會變好，我可以再多撞幾次。」沒有戀愛經驗的石祐林，實在不知道要如何哄女人，只好拉著高小琪的手，像個孩子似的討饒，也總比看著周于整日和她打情罵俏的好。

見石祐林這副不知所措的模樣，高小琪突然發現自己的腦子才有病。

山裡沒有網路、沒有電視，她幹嘛把言情小說裡的那一套，硬是加諸在石祐林的身上？再說了，就算結婚要登記，被買來的她什麼身分證明都沒有，怎麼登記？

「你就沒有想到多問問我？」嘆了口氣的高小琪，見石祐林一臉的困惑，終於體會到兩個不同文化背景的人，相處起來有多艱難。

「其實，你根本不用擔心我的身體，記帳對我而言就是件小事，我在學校裡學的東西，比這些複雜幾百倍。」高小琪放開石祐林的手，直接走到書桌前坐下，看著滿桌子散亂無章的帳冊直搖頭，「很多時候要善用別人的長處，會比自己一個人悶頭做到死的好。」

原來，接手帳冊的石祐林，近來一直為一件事苦惱，就是藥材的出貨量年年增加，可營收的利潤不但沒有變好，反而更差。

雖然帳面上的數字看起來很漂亮，每筆生意石家都有賺到錢，但市場對草藥的要求越來越多，光是人工運送和檢驗花費就占了不少，如果這種狀況持續下去，不出幾年，以後石家每賣一公斤的草藥，就會虧上半公斤的本錢。

但即使石祐林不是很了解，高小琪為什麼突然講起公事，一臉困惑的他，卻還是耐下心的聽高小琪解釋。

「石家利用人工種植，讓中草藥的品質和產量更加穩定，但因為交通不便，所有藥材反而要透過村長運出山，可是你有沒有想過，那些客戶接觸的都是村長一個人，價錢也都掌握在村長的手裡，石家賺多、賺少，不就等於村長說了算？」

「所以，我媽每年都固定到城裡，和那些藥商見幾次面，確實掌握好每種藥材的價錢。」這些石祐林都知道，可村子向來都這麼行事，也沒有人想要改變過。

「即便是這樣，可交貨的是村長，你怎麼知道他不會坐地起價呢？」就高小琪所知，這幾年大陸的中藥材水漲船高，但石家訂單上的價錢並不是最即時的，而且波動並不如高小琪印象中的大，高小琪猜想，這裡面肯定有貓膩。

「每一種中草藥都有其淡、旺季效應，大部分的賣家都是在藥材收成後，直接運到城裡頭賣，可這時候的藥材供應量大，價格很容易被買家殺低。」

翻開帳本的高小琪，指著她前幾天剛做好的統計圖表，對石祐林說：「相反的，有些藥材在夏季採收，卻是在冬季才會大量使用，那我們為什麼要趕在低價時，跟別的賣家搶出清呢？」

「有些藥材保存不易，再加上，要配合村長運送的時間……」似乎想到什麼的石祐林，腦子裡一陣激靈，連忙說：「村長的確會在藥材採收後，催我們趕緊運出山，說是怕送晚了藥商就不收了。」

「既是談好的訂單，藥商有什麼理由不收呢？」本來高小琪是不願多想的，但就她這幾個月對草藥的採收，以及使用上的了解，村長實在不需要趕在量大的時候，賤價拋售。

「你想想，藥商千辛萬苦的跑到大山裡來買藥材，圖的是什麼呢？不外乎是野生藥材的產量極不穩定，而平地種植的藥材品質，又沒有山裡的好，所以他們才會找上石家。既然，我們的藥材有這種優勢，又何必跟一般村民爭長短？」

「可是，不透過村長，我們要怎麼把藥材運下山？」頻頻點頭的石祐林也認同高小琪的看法，但長期待在大山裡的他，所接收的資訊有限，也僅懂得既有的這一套流程，實在很難再想出其他辦法。

「石家若是有自己的人送貨出山，不是更好嗎？」高小琪反問。

「能出山的漢子大多只聽村長的，我們……怕是叫不動。」石家雖然是村子裡的有錢人家，但這裡的人，長久以來都習慣服從村長的命令，若石祐林真要找人私自運藥材出山，極可能會被認為在挑戰村長的權威。

「聽過宋太祖杯酒釋兵權的故事嗎？」狡黠一笑的高小琪揚揚眉，湊近石祐林問道：「村長的年紀都那麼大了，在大山裡又花不了什麼錢，那他賺錢為的是什麼？。」

「聽說，他的兒子和媳婦兒都在城裡工作……」從來沒有見過這樣的高小琪，石祐林的心口兒怦怦跳，究竟，聰明的她，心裡打的是什麼主意？

闔上冊子，高小琪輕鬆說道：「那就對了，兒子大了繼承老爸的衣缽是正常不過的事，如果，我們能說服村長把權力移交給兒子，想必他會非常樂意的。」

村長的權力太大，就像石家倚賴石絜一樣，但若是村長的兒子接手，和村民不熟的他，肯定不會再找大山裡的這些人運送藥材。屆時，石家只要多付點工錢，失業的村民自然會主動來投靠石家。

見石祐林一副似懂非懂的樣子，高小琪也不勉強他一下子就能想明白，總之，還是得做了才知道行不行得通。

「那你，晚上還睡書房嗎？」

「啊？」腦子還在運轉著公事的石祐林愣了下，一時沒會意過來。

「沒有暖爐我睡不著。」紅著臉的高小琪嬌嗔。

「不，不睡書房了，以後……都只跟妳睡。」豁然開朗的石祐林拉起高小琪的手，笑得樂活。

第十六章　公報私仇

常言道：「知己知彼，百戰百勝。」

言歸於好的小倆口，分別透過周媽和周景，打探村長兒子在城裡的狀況，還有，平時跟著村長進出大山的，都是哪些人？他們家裡的情況又是如何？

要從周景嘴裡套出什麼都容易，兩、三杯白乾兒下肚，連哪家漢子到城裡找誰鬼混都交代得一清二楚，可警覺性高的周媽，不但沒那麼輕易漏口風，反而還將高小琪想的計謀給逼問了出來。

「這樣做太危險了，少爺不能去冒這種險。」在山裡多年的周媽，深知村長的勢力有多大，最主要是，村裡的人都恪守山裡的規矩，絲毫不敢違抗，這點從石祐林要帶高小琪離開時，大伙兒不惜鬧出人命都一定要阻止，就足以證明。

「況且，生意上的事不是嘴上說說就可以，現在少爺才剛接手，若是連到城裡接頭的人都換了，指不定以後生意就都甭做了。」性格保守的周媽，不認同高小琪這種激進的作法，他們倆連村長的底子都摸不透，怎麼就敢翻了他？

「這事不急，我也沒說馬上就要換人，但長遠的想，送貨到城裡的，總要是石家自己的人才好。」眼看著周媽憂心忡忡的樣子，高小琪沒料想她的反應會這麼大。

「打從老太爺到太太這一代，石家沒有在村長手裡吃過啥虧，村長雖然賣了妳，那也是太太的主意，妳壓根兒不必把仇都記在村長身上。」周媽實在看不出平時溫柔、恭順的高小琪，膽子居然變得這樣大，連村長都想給他過河拆橋，難怪，當初太太要防她防的那麼緊。

「周媽，妳誤會大了，我純粹是覺得村長經手的價錢有問題，才想找辦法解決，和我個人的恩怨沒關係。」揮動十指的高小琪，急忙解釋。

「村長若真想幹點啥事，能瞞得過太太的耳目嗎？妳口口聲聲說是為了石家好，但妳有沒有想過，如果出了什麼岔子，少爺該咋辦呢？」越講越激動的周媽，幾乎在指責高小琪的不是。

感到冤枉的高小琪，不知道該如何為自己辯解，漲紅著臉的她，正要緩和周媽的情緒時，石祐林開口了，「周媽，以前外公和媽媽不吱聲，不代表就沒事，相反的，我們改變了之前的作法，不見得就會有風險。總之，這件事我和小琪會再好好想想，妳就別多操心了。」

石祐林知道媽媽非常倚重周媽，但她究竟知道多少生意上的事，石祐林也不清楚。或許，周媽有她自己的看法，但石祐林並不希望在事情還沒開始做之前，就先鬧得家裡人不開心。

「可是，少爺……」情急的周媽還想再勸。

「得了，這事兒先擱著吧！反正今年的藥材都送出去了，在大雪封山之前，妳還是讓幾個婆子多弄些醬菜和醃肉，我可不想三餐都只吃包穀飯。」

不慍不火的石祐林轉移話題，對著周媽親切一笑，而後拉著高小琪的手說：「妳也累了一天，晚上我們去後院走走。」

偷偷瞥了眼怒氣未消的周媽，高小琪無奈的朝石祐林點點頭。看來這件事不如想像中的順利，如果她連周媽都說服不了，又要如何去說服村長和村民？

貴州冬天的氣溫雖然多在零度以上，可大山裡的溼氣重，再加上，高山較平地冷上許多，每年的一月左右幾乎都會下雪。

高小琪雖然吃了古大夫調整體質的藥，已經不那麼怕冷，可晚上颳起的陣陣山風，還是直凍到人的骨子裡，讓習慣溫暖臺北的她，寧願窩在炕上包棉被，也不願到外頭打哆嗦。

石祐林知道高小琪怕冷，還沒下雪就破例讓周媽先暖了炕，高小琪對這種臺灣見不到的新鮮事感到很好奇，還特別讓石祐林講解暖炕的構造。

原來這種由磚石建造，從廚房延伸到臥室的煙道，是要先覆蓋一層平整的石板後，再以泥土抹平晾乾才可當床鋪使用。而平時燒飯所產生的溫度，會經由這個煙道讓石板產生熱量，繼而讓房間和床鋪變得溫暖。

因為山裡沒有供應煤氣，所以，平日燒飯大都是使用晒乾的包穀梗，或是撿來的樹枝和乾草當燃料，但這些東西燃燒時容易產生濃煙，而且熱度很難控制，算不上是什麼安全的暖氣設備。然而在接近零度的大山裡面，不想凍成冰棍兒的高小琪，也只能勉為其難的接受。

「在想什麼？一整晚都悶悶的。」石祐林拿了本《中國歷史》爬上炕，直接靠在床柱上翻閱。

自從高小琪提了宋太祖杯酒釋兵權的典故後，石祐林才發現自己讀的書，遠遠不足以應付外界的爾虞我詐。

雖然，他自認能過目不忘，可書房裡的都是當年外公留下來，或古大夫進城時買來送給他的書，內容大都侷限在中醫或藥草學方面，根本無法和念大學，與精通網路資訊的高小琪相比。

「我是不是做過頭了，才惹得周媽這麼生氣？」一想到下午周媽指著她公報私仇的憤慨，高小琪就覺得委屈，虧得這半年來，她把周媽當親阿姨一樣的看待，可周媽居然一點兒都不信任她。

「周媽向來都只聽我媽的話，或許，她覺得我們照村長的規矩來，會比較方便行事。」其實，石祐林也沒見過那麼激動的周媽，難怪高小琪會被嚇到，但為了安撫高小琪的愧疚感，他也不得不虛掩一下。

「妳很在意？」見包著棉被的高小琪不發一語，無奈的將下巴，靠在雙手交疊和彎曲的膝蓋上，皺眉、嘟著嘴的模樣真是可愛，也使得被吸引的石祐林，禁不住向她靠近了些。

「雖然村長和人口販子是共犯，可是，我真的沒想用石家的事去報復他，所以，實在搞不懂周媽為什麼會做這種聯想。」自從來到石家後，周媽一直把她照顧得無微不至，鬱悶的高小琪閉上眼，頓時感嘆人性的難以捉摸。

「或許……是周媽覺得，妳還不肯當自己是石家的人吧！」猶豫了會兒的石祐林，終究把心裡的隱憂坦白了開。

但也因為這一句坦白，讓高小琪澈底無言了。

記得高小琪剛到石家時，周媽曾跟她說：「只要生了兒子就是少奶奶的命。」

即便她耍了點計謀瞞過石絜和周媽，讓她們都誤以為，自己和石祐林已經是夫妻，但肚子沒有動靜是事實，或許就是因為沒有孩子，周媽才沒能把她當石家人看待。

可現在高小琪的心，確實是向著石祐林的，跟生不生孩子根本無關啊！

等了許久的石祐林，見高小琪依然沒有回應，引頸期盼的一顆心，又沉到了谷底。

但他仍斂下情緒，拍拍高小琪的肩膀安慰說：「累了就早些睡吧！明天我再讓周于去打聽、打聽那些常出山的大漢，或許還可以多知道點消息。」

收起書本的石祐林，正打算起來關燈，高小琪卻在這時，不輕不重的喊了聲：「等等。」

回過頭的石祐林，見高小琪將臉埋在雙臂裡，身子也蜷得更厲害了，不禁連忙湊過去問道：「是不是哪裡不舒服？」

努力搖頭的高小琪沒有抬頭，讓看不到臉的石祐林有些發慌，他伸手將高小琪散在臉側的黑髮撥到耳後，這才發現，她的耳根子紅的燙人，「妳發燒了？」

驚喊一聲的石祐林幾乎跳起，但手卻被高小琪急急拉住，「我沒有發燒，我，我只是……」

高小琪話說的很小聲，石祐林只好挨近她，好聽明白一些，「那個……你，你是真的喜歡我嗎？」

「妳是我媳婦兒，我不喜歡妳喜歡誰呢？」對於高小琪經常轉換話題的怪習慣，石祐林已經適應許多，但怎麼也沒想到，她會突然提起這個。

「如果，我不是你媳婦呢？你還會喜歡我嗎？」努力平穩呼吸的高小琪，試探性的問了出口。

即便石祐林曾經猜想，有朝一日會失去高小琪，但他還是希望能有挽回的餘地，嘆了口氣的他，平靜的回答：「我喜歡的是妳——高小琪，無論妳會不會成為我真正的媳婦兒，我都一輩子愛妳。」

驟然抬頭的高小琪，眼角泛光的直視眼前的石祐林，「如果哪天我離開了，你也會等我嗎？」

情深款款的石祐林凝視高小琪許久，才悠悠說道：「我石祐林的媳婦兒，只有高小琪一個，儘管妳在天涯海角，我都會像夜晚的星星一樣，永遠追隨著妳。」

淚，就這麼不爭氣的流淌下來。

縱使高小琪再有千百個不願意，也無法對這個深情又執著的傻男人，視而不見。

忍不住伸出雙手的她，捧著石祐林那張媲美明星的臉，毫不猶豫的將自己的唇，貼了上去。

軟軟的溼熱，讓僵化的石祐林倏地睜大眼睛，不可思議的看著眼前不斷放大的高小琪的臉。緊閉的雙眼，溼潤的睫毛，還有，伴隨著溫暖而浸入他口中，那微鹹的淚水，是他從未嚐過的甜美滋味兒。

雖然，石祐林也曾幻想過，無數次和高小琪第一次親密接觸時的情景，但怎麼也想不到，居然會是高小琪先……

可即便如此，他的心底還是高興的，因為，高小琪終於願意接受他的感情。

就因為腦袋還在想著這些事，純情的石祐林反而不知道，該怎麼去回應高小琪的這個吻。只是，一般女生主動就已經夠丟臉了，男生竟然還一點兒反應都沒有？

高小琪這才想到，石祐林也許根本沒有接吻的經驗，自己又怎麼期待他的回應？

臊紅了臉的高小琪連忙退開，正想拉起棉被來遮羞，誰知道，才剛離開的唇瓣立馬又緊緊的貼了上來。展開雙臂的石祐林再不遲疑，一把將高小琪整個人摟進懷裡，熱切的擁吻。

以前的石祐林只是裝傻，不代表他不懂男女之事，打從高小琪來了後，他們兩人日同食、夜同寢，一個大男人的身邊，躺著自個兒喜歡的小媳婦兒，怎麼可能不動心？

原本，石祐林以為只要和高小琪相處一陣子，日久自然會生情，可高小琪拒絕他接近的各種方式，遠遠超過他的理解範圍。再加上，這段日子陸陸續續發生的這些事，都讓石祐林覺得，沒有一件如想像中的順心。

可是，當高小琪主動獻吻的那一刻，抑鬱多時的石祐林，終於又熱烈了起來。

緊貼的雙脣，止不住石祐林對高小琪的渴望，他含著溼軟的脣瓣不斷的吸吮，只覺得口中的軟膩，像蜜糖似的黏住了他，而雙臂除了抱緊還是抱緊。

過於激情的石祐林，不停的輾轉吮吻，磨得自己牙齒生疼卻還覺得遠遠不夠，然而這可苦了高小琪，她快喘不過氣了。

「唔！」被吻得快斷氣的高小琪忙推開石祐林，可他抱得太緊，根本推不動，高小琪只好捶著他的肩膀和胸口，直到石祐林意識到自個兒痛了，才鬆手。

「呼！呼……」差點兒沒被吻暈過去的高小琪大口吸氣，怎麼平時像個文藝青年的石祐林，一接起吻來就發狂了？

「妳……還好嗎？」看著高小琪臉紅氣喘的樣子，完全沒經驗的石祐林，有些不知所措。

本來是一件唯美浪漫的事，可現在就連一點曖昧的氣氛都沒有了。

雙脣都快被吻破皮的高小琪，又氣又無奈的怒瞪了石祐林一眼，才發現睜著大眼睛，不明所以的他也很無辜。

果然沒有接受過偶像劇的洗禮，就連肢體語言都原始的可怕。嘆了口氣的高小琪正襟危坐，不知道要怎麼教育石祐林，才能讓他了解「接吻」的禮節。

「很晚了，睡覺吧！」可是再怎麼厚臉皮，高小琪也無法面對面的教石祐林這種事，拉起棉被的她天真的想著：也許，等石祐林哪天開竅後，自然就懂了。

然而，好不容易兩個人才有親密接觸的機會，誰知道下一秒，就遭到如此嚴重的挫敗，急得一把火的石祐林，真的連想死的心都有了。

「媳婦兒，好媳婦兒，我……我錯了，妳別生氣好不好？」石祐林苦苦哀求。

剛才被感動的心情蕩然無存，蒙著被子的高小琪不想理他，可石祐林就怕從此一失足成千古恨，不斷的向高小琪賠罪。

其實高小琪並沒有生氣，她只是覺得，怎麼越想要拉近彼此的心，在生活及文化上的差異反而就越明顯，以前她可以忍受的事，卻在接受了石祐林的感情後，變得越來越難以容忍。

難道，男女之間的愛情，真的會因為了解而分開嗎？

「媳婦兒，別生氣，我錯了……」還在不斷求饒的石祐林，見高小琪完全沒理會他的意思，聲音也漸漸的軟了下去。因為，石祐林雖然認了錯，卻不知道自己錯在哪裡，當然也就無從挽救起。

僵持的氣氛，因著高小琪裝睡而難以緩解，石祐林越來越不明白，以前溫柔可愛的高小琪，為什麼變得這麼難以捉摸？

到底是他太笨？還是高小琪太吹毛求疵？又或者，高小琪壓根兒就只是在捉弄他而已？

好不容易和緩的關係再次陷入僵局，白天，高小琪和石祐林兩個人，依然很有默契的和周于討論探查村長和村民的事，晚上則不發一語的，一人蓋一條被子睡覺。

反正現在炕頭暖了，高小琪也很難開口，要石祐林繼續當她的電暖器。

自從石絜暫時性失憶後，每天早晚，石祐林都會抽空來看他媽媽。現在的石絜只認得周媽、周景和古大夫，而石祐林只要一靠近，就會被她誤以為是李思鵬，而氣憤的追打。

為免再度刺激石絜的病情，石祐林只好悄悄的躲在房外，觀察自己媽媽的狀況有沒有好些。

今早石祐林來的時候，周媽正在為石絜梳理頭髮，隨時都要保持儀容端莊、整齊的石絜，即使精神有問題，也絕不疏忽自己的衣著和打扮。

「祐林好像有一陣子都沒有到我屋裡來了，在忙啥呢？」攬鏡自照的石絜順了順頭髮，對著鏡子裡的周媽問道。

「少爺昨天才來過，您忘了。」這是周媽千篇一律的回答，反正現在的石絜，一覺醒來就分不清楚哪天是哪天。

「是嗎？」即使心裡存疑，但石絜並沒有對周媽的答覆，多加揣測或琢磨。

因為這十幾年來，唯命是從的周媽，都不曾違逆過她的意思，而且，石絜最近老覺得自己的腦子很空，又好像很滿，根本無力去思考太多的事。

「太太今天想出去走走嗎？古大夫說您好幾天沒出房門了，應該要活動活動。」周媽放下梳子，扶石絜站了起來，然後整整她身上的衣服，免得有太多皺褶。

「他一個外人，管得也太寬了。」石絜抽出袖口裡的帕子掩嘴，一臉的嫌棄。

「這幾天，後院種了些新的草藥，您要不要去看看？」古大夫不在，沒有人說得過太太，周媽不想自討沒趣，忙轉移話題。

「也好，順便叫祐林來瞧瞧。」石絜等著周媽把鞋拿來，然後，才把自個兒的腳套了進去。

「少爺一大早就和周于玩兒去了，這會兒，指不定還沒有回來。」剛好抬頭的周媽，恰巧對上石絜狠厲的目光，趕緊心虛的低下頭。

「我石絜的兒子，可不能只會玩兒，回頭就叫他來找我。」依然強勢的石絜瞪了周媽一眼，彷彿在責備她沒管好自己的兒子似的。

「好……好的，太太。」無論疾言厲色的這個石絜是不是有病，周媽在她面前，都有著相同的敬畏心和距離感。

周媽不懂自己為什麼要怕石絜，也許，打從她見到石絜的那一刻起，就註定兩個人是主與僕的宿命。

看著石絜的背影漸漸遠去，慌亂的周媽，這才想起了要幫太太打傘，便趕緊拿了傘跟上去。

站在房門口聽了好一會兒的石祐林，見媽媽要出門，急忙躲開。

一想到媽媽時時刻刻，都在掛念他這個不中用的兒子，可自己卻只能躲在角落裡束手無策，心裡有著說不出的懊悔和憤恨。

如果，當初不是石祐林堅持帶高小琪回家；如果，那天不是他執意要帶高小琪出走，那麼這一切的一切就不會發生，他最引以為傲的母親，也不會變成今天這個樣子。

可憐的媽媽已經被爸爸拋棄過一次，沒想到，十幾年後，居然又被自己的親生兒子給遺棄。

雙拳擊牆的石祐林淚盈滿眶，他曾發誓，一輩子都不會離開自己的媽媽，可為了另一個女人，他不僅狠心的拋下了母親，竟還讓媽媽遭受這種病痛的折磨。

身為人子的他實在不孝，罪大惡極！

天底下，有幾個女人能承受被自個兒的丈夫和兒子，一再拋棄的打擊？

可既然石祐林已經傷了媽媽的心，就不該再讓另一個女人也步上一樣的後塵，心裡淌血的他雙拳緊握，立馬就做了決定。

第十七章　吵吵鬧鬧

一大清早，周媽便讓周于通知高小琪，石絜會去後院散步的事，因此，她一整個早上都待在書房裡作帳，沒敢出去瞎逛。

雖然，少了電腦的自動運算程式，讓計算過程變得冗長又繁瑣，但石家還保有算盤這種傳統工具，小時惡補過珠心算的高小琪，用起來得心應手。

冬天的氣溫低，連帶著身體的熱能也散發得快。即使，石祐林很貼心的讓婆子放一個炭盆在屋裡暖著，可炭盆的暖房效果，畢竟沒有空調來得好，導致高小琪坐久的四肢，又感覺漸漸的凍了起來。

撥珠撥到脖子發酸的高小琪，動動已經僵硬的右手五指，並站起來扭扭腰，這才端起一杯熱的當歸紅棗茶，配著婆子剛拿來的烤紅薯吃。而當她哈著氣，一口一口吃的正歡時，卻看到陰沉著臉的石祐林，走了進來。

兩個人自從初吻敗興之後，就沒怎麼單獨說話，可現在的高小琪，感覺石祐林的氣場明顯陰鬱，彷彿發生了什麼大事。放下紅薯的她，認真的朝石祐林看了一眼，才發現眼睛布滿紅絲的他，臉色泛青，像生了病一樣。

「你……不要緊吧！」再怎麼冷戰，也無法對這樣的石祐林視而不見，高小琪湊近了關心。

抬頭的石祐林，艱難的看了高小琪一眼，微皺了下眉，而後轉身淡淡的問道：「妳想回家嗎？」

他這是怎麼了？為什麼又提起這麼敏感的話題？

「快過年了，如果妳想回家，就要趁大山還沒有下雪之前離開。」

石祐林這是在下逐客令，趕她走嗎？

「如果通知妳的父母，不熟悉山路的他們未必進得了大山，我讓周景進城幫我媽再買些補品，順便想辦法帶妳走。」

「然後呢？」石祐林背對著高小琪，所以她看不到他的臉，更猜不出他突然要自己走的原因。

「然後？」石祐林不明白高小琪問然後的意思，反正，他一點兒都不了解她，從來都不曾了解過，「然後，妳就可以過回妳原來的生活，不用委屈的待在這座大山裡。」

「好啊！」樂得開心的高小琪，爽快的答應：「不過，你得先打電話通知我爸到城裡來接我，否則，萬一我又被人口販子綁了，豈不是辜負你的一番好意了。」

迅速拿起座機的高小琪，走到石祐林面前，並將話筒遞給他，「我爸丟了寶貝女兒這麼久，肯定會追問原因的，我不希望講錯了話連累到你，所以，我告訴你電話號碼，由你來跟我爸說明。」

「我……」盯著話筒的石祐林有些無措了，完全沒有跟外界接觸過的他，要怎麼跟高小琪的爸爸，解釋人口販賣的事？

「來啊！我唸號碼，你來打。」肅著一張臉的高小琪，拿著話筒逼近他。

「不，小琪，我……」眼神瞬時放軟的石祐林幾近哀求，他沒有辦法打這個電話，不僅僅是因為無法解釋高小琪的遭遇，更多的是，他根本不想高小琪離開。

「我一直以為，你是個負責任的男人，沒想到，也是個出爾反爾的傢伙。」狠狠掛上話筒的高小琪，指著石祐林痛罵，「當初，死命要我留下來的人是你，現在狠心要趕我走的人也是你，石祐林，你到底把我高小琪當什麼了？」

幾乎大吼的高小琪憤憤轉身，右手卻被身後的石祐林拉住，「小琪，我……我不想連累妳。」

「那你當初就不該買我回來。」淚流滿面的高小琪推開他，哭著說：「就算我被別的男人踐踏，也總比留在這裡，被人嫌棄，揮來趕去的好。」

「不，不是這樣的。」心都被哭疼的石祐林抱住她，「我並不是要趕妳走，而是……而是不想妳像我媽一樣，一輩子困在石家，困在這座大山裡。」

眼前的石祐林一臉的懊悔、神傷，和那個拿著木棍，在村民面前死命護住她的男人判若兩人。他的心，怎麼能一下子軟得像個孩子，一下子又硬的像個壯漢？

「路是人走出來的，你又怎麼知道，我會像你媽一樣？」果然，石祐林又開始鑽牛角尖了。

「祐林，也許我跟你認識的女孩子不一樣，我從來都不屈服於命運，我相信努力就會有成就，我也不是輕易會服軟的人，我從小到大所受的訓練，遠遠超出你的想像之外。如果，你不害怕這樣的我，就讓我留下來幫你，好嗎？」

好嗎？

剛才還氣得大哭的她，怎麼能毫不猶豫的決定要留下來，石祐林明明都那麼狠心的推開了她……

伸手撫去她兩頰上的淚痕，石祐林承認，自己遠不如這一個看似柔軟的小ㄚ頭，他怎麼能用一己的私心，去判定這個愛他的女人的去留。

是啊！石祐林終於明白了，高小琪愛他，即使她從來都沒有明說，但一直都用行動為他們的將來著想，絞盡腦汁的為石家的生計做打算。高小琪為石家所做的，早已超過石祐林給她的。

「妳不嫌棄，我這個不中用的傻子嗎？」以前的石祐林自信滿滿，認為只要熟讀書裡的知識，就沒有什麼事可難得倒他，可現在的他才了解，身邊多一個可以互相鼓勵、相互扶持的人，有多重要。

「你得跟上我的腳步才行。」破涕為笑的高小琪吸了吸氣，覺得石祐林的耳根子真軟，她說什麼聽什麼，「我很嚴格的唷！」

「會像城裡的老師一樣，用鞭子抽嗎？」石祐林喜歡她用那對水靈靈的眼睛看著自己，像隻狡猾的小狐狸，還有，那紅撲撲的臉頰，和溫潤可口的嘴唇。

「當然，如果你不乖的話……唔！」

未完的話，就這樣被石祐林的雙唇給堵回嘴裡，軟軟的溫熱貼著她，輕輕的吮著。

石祐林一手摟著高小琪的腰，一手扶著她的頭，輾轉吸吮著她的甜蜜，直到高小琪僵直的身體軟了下來，才加深了力道。

上次石祐林粗暴的擁吻，仍讓嚇極的高小琪記憶猶新，沒想到，這會兒就開竅了。

高小琪不知道，石祐林是不是偷看了什麼武功祕笈，總之，現在的他——很溫柔。

書房裡，迷漫著一股淡淡的藥香，炭盆上的火，也熱烈的燃燒了起來。

高小琪若有似無的喘息聲，在石祐林的耳邊迴盪，讓他身體的每個細胞都鮮活跳躍，沉醉其中的石祐林從不知道，原來脣齒交合的感覺，竟然如此美妙。

愛情是很奇妙的東西，前一刻才吵得哭哭啼啼，這會兒又吻得如膠似漆。

渾身發軟的高小琪，靠在石祐林的懷裡，幾乎是任他予取予求，溫熱的大手滑進高小琪的衣服裡，撫著她柔若無骨的腰身，絲滑的觸感令石祐林愛不釋手。

「祐……祐林。」緩緩推開他熱情的環抱，高小琪嬌羞的說：「這裡是書房，會有人。」

見高小琪一臉的緋紅，石祐林朝那個被吻腫的嬌豔雙脣又親了下，笑道：「怕我吃了妳不成？」

被逗樂的高小琪「噗哧」一聲，跟著笑了，紅著臉的她，對著石祐林嗔道：「那天你真像要把我吃了。」

「嚇著妳了。」現在的石祐林，才知道那天高小琪為什麼會生他的氣，原來，他真是連怎麼接吻都不懂的大笨蛋。

「雖然，我知道這種觀念很迂腐，但我想把最珍貴的自己，保留到下定決心的那一刻。」伸手撫上那張俊美無瑕的臉，高小琪這才發現，自己真的愛上眼前這個傻瓜，「你，願意等我嗎？」

「願意，不管多久，我都願意。」石祐林終於明白高小琪的堅持，她原不是個可以隨便委身於人的女孩兒，笑開的石祐林擁住她，「我也會把自己留給妳，直到妳想要我的那天為止。」

上山採藥的古大夫，見路上霜凍得厲害，便趕在下雪前回到石家，聽周媽說，石絜這段時間都有按時喝藥，病情也穩定許多。雖然，她的記憶仍停留在十二年前，但只要不再受刺激，或許可以用引導的方式，讓石絜慢慢接受現狀。

石祐林進來的時候，古大夫正在幫石絜針灸，喝了藥的她已經熟睡，所以，石祐林才敢踏進房來。

「我媽現在的情況，好點了嗎？」原本秀麗的容顏黯淡了許多，石祐林甚至還看到媽媽頭頂上，冒出來的幾根白髮。

「身體已經恢復了，精神也好很多。」剛插好針的古大夫，用手指捏了幾團艾絨，點了火，分別插在石絜腳上的太衝穴，以及小腿足三里穴的銀針上。

黃帝內經記載：怒傷肝、喜傷心、思傷脾、憂傷肺、恐傷腎。太衝是肝經的原穴，當人在生氣或發怒時，肝臟很容易受到損傷，在太衝穴上針灸或按摩，可以疏解並緩和病人的情緒。

而足三里穴雖然主治消化系統的疾病，但同時也能減輕失眠、癲狂等精神方面的症狀，經常針灸更可以增強身體的免疫功能。

艾絨則是把晒乾的艾葉經過反覆捶打後，篩除出來細如毛絨的東西，艾絨的氣味芳香，可以通經活骨，經常被中醫師做為養生保健之用，配合針灸則功效可以加倍。

石祐林對艾灸的過程很好奇，雖然，他在醫書上讀到許多關於艾灸的神奇功效，但從未親眼見過，尤其在聽到高小琪說他昏迷時，古大夫也常給他針艾灸的事後，就更有興趣了。

「那我什麼時候，才能跟媽媽相認呢？」對於打小就把石祐林當命根子的石絜而言，還有什麼比認不出自己親生骨肉，更悲哀的事？

「現在還不好說。」見石祐林苦著臉，古大夫拍拍他的肩膀安慰著，「或許這樣對她而言，反倒是件好事。」

然而，石祐林訝然的神情卻讓古大夫搖頭，「你還年輕，所以不懂，很多事情並不如表面上看的那樣風光，妳母親辛苦了二十幾年，讓她休息一陣子也不為過。」

「古大夫，我媽有跟您討論過生意上的事嗎？」早在石祐林出生前，古大夫就與石家多有往來，但石祐林從不知道，他是否也曾參與過藥草生意上的事。

「就你媽那性子，能和我講超過三句話就不錯了。」古大夫笑道：「怎麼？有麻煩事兒？」

「麻煩那倒沒有，只是有些問題不太了解，想問問您的意見。」

石祐林把高小琪對於村長運送草藥一事，可能有貓膩的疑慮都告訴了古大夫，只是沒提是誰的主意。

「是那丫頭說的吧！」可古大夫居然毫不猶豫的，就給石祐林打臉。

「小琪心細，不過，我也是這麼想的。」聽古大夫的口氣，好像也在指責高小琪的多事，石祐林不想讓高小琪成為眾矢之的，忙替她開脫。

「你啊！那丫頭說一你不敢說二，早晚成妻奴。」冷眼瞧著石祐林急忙替高小琪辯解，古大夫打斷他，「再怎麼說，她都不是村子裡的人，想把城裡的那一套用在大山裡頭，是不管用的。」

不管用？

為什麼，古大夫跟周媽都這麼認為呢？

難道，村長的權力真的大到無人可及？

見石祐林欲言又止的樣子，古大夫也不願再多說，年輕人有不同的想法是對的，否則世代怎麼進步？

但現在的石祐林見識還不夠廣，匆促行事只會惹來更多麻煩。

「別說老頭子沒有提醒你，小琪雖然年紀輕輕，可她接觸生意上的事才沒有多久，就把石家的底細給摸了個半透，顯然她的來歷很不一般。但是祐林，這半年來你到底對她了解多少？還有，你們圓房了嗎？」板起臉的古大夫，對著石祐林正色道。

對於古大夫一針見血的提問，石祐林明白自己瞞不過，只好尷尬的搖搖頭。

「小琪那丫頭不但聰明，頭腦也機靈，你這軟懦的性子不但降服不了她，恐怕還會淪為她的打手，所以，我勸你還是早點兒放手吧！」古大夫若有其事的警告，讓一旁的石祐林，難以置信的瞪大眼睛。

「古大夫……」

有些錯愕的石祐林簡直不敢相信，之前古大夫對高小琪的印象極好，也一直贊成石祐林和她在一起的，為什麼一講到生意上的事，他和周媽的反應，就同時有了一百八十度的轉變。

「男人和女人若是兩情相悅，該幹什麼就會幹什麼，如果她不願意，那就表明了她對你沒有那個心，你等再久都是白費力氣。」

見石祐林皺著眉頭，苦得眼淚都快流下，古大夫加大力度，「其實，要讓她走也不是什麼難事，只要她保證不報警，不影響村子裡的生計，我想，村長那邊是可以說得通的。」

「不，小琪答應過我，她會一直待在石家，她不會離開我的。」純情的石祐林才剛體會到愛情的甜蜜，才剛開始憧憬美好的未來，怎麼可能相信，又怎麼願意讓高小琪離開？

「你也曾經發誓，要在大山裡陪你母親一輩子，結果呢？」

對於石祐林痛苦的掙扎，不忘回頭幫石絜醒針的古大夫，視若無睹，「時間會改變一個人的想法，你如果無法掌握她，倒不如儘早放她自由。」

一整個下午，石祐林的腦子都在嗡嗡作響，他不懂，高小琪的聰明才智，應該是所有人夢寐以求的，但對石家到底有什麼威脅可言，為什麼周媽和古大夫，都要再三警告他讓高小琪離開？

他們明明知道，石祐林喜歡高小琪，他不能沒有高小琪！

冷冷的霜凍天，讓沒了葉子的枯樹枝，結成一根根的細冰棍兒，這曾是石祐林眼中最美麗的風景，卻也有枯燥乏味的一天。那麼，在某年某月的某一天，他會不會也成為高小琪眼中，百無聊賴又食之無味的雞肋呢？

「少爺，原來你在這兒，害我找的。」喘著氣的周于跑到石祐林跟前，眉眼高揚，興沖沖的說：「事情果然如小琪說的那樣，村長在城裡租了間倉庫，平時把咱們的草藥都運到那裡囤積，等市場沒有貨了才抬高價賣。」

「啐！我還真看不出，村長居然是這種人，連石家的錢都敢坑。」講得口沫橫飛的周于，見石祐林聽得一臉認真，越發的興致高昂，「還有，小琪問到，太太每年固定送錢給的那幾個陌生人，原來真是市集的領導。天啊！小琪簡直料事如神，她……」

「周于。」冷冷的石祐林打斷了他。

「等等少爺，我還沒有說完，小琪說……」

「周于。」站起身的石祐林聲響大了，這才止住了周于停不下的聒噪，「估計這兩天就要下雪了，之前說的那些事，暫時先打住吧！」

「沒事兒，少爺，我又不是小羊羔，怕雪作啥？」第一次扮神探的周于查得正過癮，哪肯就此罷手。

「我說打住就打住，別再問了。」

從未有過的厲聲讓周于嚇了一跳，鐵青著臉的石祐林，沒有多作解釋的轉身走開，留下一臉莫名的周于，張著嘴、傻楞楞的站在原地。

第十八章　異鄉臺北

高小琪打從午飯後就沒有見過石祐林，就連晚飯都沒有來和她一起吃，心想：應該是古大夫回來了，正在跟他討論石絜的狀況吧！

抱著棉被待在房裡雖然暖和，可一個人在偌大的炕上真的很無聊，高小琪這才想起，自己居然已經半年都沒有碰過3C產品，就連最喜歡的韓劇都沒有追了。

以前，總認為沒有網路就會活不下去的高小琪，竟然可以在什麼資訊都沒有的大山裡，生活的如此悠然自得，真是不容易。

不知道，在臺灣的爸爸和媽媽，現在怎麼樣了？

高小琪很想打電話回去報平安，但一想到爸爸肯定會動用大隊人馬來接她，就覺得頭疼。

如果，爸爸知道石祐林的媽媽，是從人口販子的手中買了她，絕對會大發雷霆而且提告的，屆時不僅村子裡的人有事，就連石祐林都脫不了關係。

高小琪打小就被爸爸當成接班人培養，即便要求嚴苛，可從來沒有少疼過她，找不到女兒的他，肯定會以為高小琪失蹤了，或者，根本就認定她已經在那場車禍中喪生。

搞不好此時的爸爸和媽媽，正為她的死傷心欲絕，難道，高小琪真的要為了石祐林這個外人，狠心的讓自己的父母因為她的失聯，而傷心、難過嗎？

撓了撓漸長的頭髮，矛盾又掙扎的高小琪，停止自己再去思考這個問題，現在的石家出了這麼多事，她可不能在這個節骨眼，再給石祐林添亂。可石家的藥草生意若是繼續透過村長，肯定是無法坐大的。

高小琪很想讓石祐林多學學經商的理念，但是他沒有學商和管理的基礎，任高小琪說的再多，恐怕一時也無法參透。

唉……要是石祐林能像她一樣，受正常教育就好了，他那麼聰明，窩在大山裡實在太可惜了。

就在高小琪糾結石祐林的未來時，他已經梳洗完進房，只是人還沒靠近，高小琪就聞到他身上濃濃的艾草味，便問：「古大夫給你媽針艾灸了嗎？」

「嗯。」高小琪對於周遭的事物向來很敏感，猜出古大夫用艾灸也不算什麼，所以石祐林僅是輕哼了一聲，然後脫下羽絨外套、毛線衣和厚外褲後，便鑽進被窩裡。

「古大夫怎麼說？」雖然石祐林接手了石家的事業，但大都是石絜失憶前就打理好的，生意上的變數很多，高小琪也希望石絜能早日康復，免得石祐林在忙碌之餘，還得整日為他媽媽的身體擔心。

可石祐林沒有回答，反問高小琪：「記得妳曾說妳住在臺灣，離這兒遠嗎？」

「很遠，非常遠，要搭好幾個小時的飛機才會到。」難得石祐林會問到她的事，來了興致的高小琪，誇張的展開雙臂示意兩地間的距離，不過，事實也的確如此。

飛機？

石祐林知道這種天上飛的交通工具，但連車子都沒有見過的他，很難想像到底要多遠的距離，才需要搭乘飛機。

但是，高小琪究竟是為了什麼事，要到這麼遠的地方來呢？

「能說說妳家鄉的事嗎？」盤坐在炕上，石祐林並不打算這麼早睡，就如古大夫所說，他對高小琪有太多的不了解，他還想知道更多。

「我家住臺北，是很熱鬧的城市。」許久都沒有提過自己的家鄉，高小琪突然懷念了起來，「那裡一年四季都有好吃的海產，新鮮的水果和蔬菜，百貨公司的地下街，有各式各樣的小吃和甜點，樓上則有義大利、日本和許多國家的精緻料理，捷運四通八達，出門非常方便。」

「好像……是個非常文明的地方。」低下頭的石祐林，黯然的看著自己的十指，不由自主的搓動了起來。

「是啊！我們那裡的小孩自七歲起，就要接受十二年的國民義務教育，而且，幾乎人人都有高校可以念，手機和電腦的普及率也很高，資訊非常發達。」其實，大陸的很多大城市甚至比臺北進步，只是，沒有出過大山的石祐林不知道而已。

「那妳呢？妳應該也進高校念書了吧？」高校對從小就自學的石祐林而言，就像一道可望不可及的門檻，永遠難以跨進。

「當然。」抬起下巴的高小琪驕傲的說：「而且，我還是以榜首的成績錄取的呢！」

「真了不起！」果然，如古大夫所說，她的來歷很不一般。

原本洋洋得意的高小琪，這才發現了石祐林的不對勁，平時他說話的聲音很清亮、很好聽，怎麼這會兒反而變得有點低低啞啞的？

他是在難過，還是自卑？

大山裡的生存條件嚴苛，導致兩個人的生活背景，有著十萬八千里的距離，如果再加上學歷，任憑聰明的石祐林再怎麼努力學習，也遠遠比不上飽覽群書的高小琪。

突然意識到這層關係的高小琪，機警的轉移話題，「祐林，你想跟我到臺北看看嗎？」可高小琪突如其來的這一問，卻是結結實實的把石祐林給嚇到。石祐林連自家的貴陽城都沒有去過，怎麼可能一下子，就去那個得搭飛機才能到得了的臺北？

「妳……妳願意帶我去？」訝然的石祐林睜大眼睛。

「當然，我想帶你去吃好吃的東西，去很多好玩的地方，最重要的，是帶你去見我爸。」拉著石祐林手臂的高小琪，說得一臉開心，好像明天就要成行似的。

「妳爸爸？」

「是啊！我爸是做貿易的，可以用商務考察的名義邀請你到臺灣，我還可以帶你到我的學校參觀，這可不是每個人都有的福利哦！」笑的眼角都上揚的高小琪，努力說服石祐林出山。

「可我……我什麼都不懂。」向來充滿自信的石祐林，在聽了高小琪的家世背景後，更加卑微的無地自容。

「有哪個人生來就什麼都懂的？我還不是來到石家後，才跟你學到這麼多中草藥的知識。」高小琪握住石祐林的手，繼續鼓勵他。

「我想過了，要讓石家的事業做的有聲有色，非得自己走出一條路不可，而且，還要是條便捷又特殊的路。」

「特殊？」中草藥的去路，無非就是賣給藥商，還能有什麼特別的出路？

燃起高昂興致的高小琪，接著說：「古大夫搬來這裡時，我看到他帶了好幾罈私釀的藥酒，可他的藥材不都出自於石家嗎？如果，你能請他把配方開出來，我再請我爸找間酒廠生產藥酒，屆時，石家的草藥就有自己的出路，壓根兒不用再拿到市場跟別人削價競爭了。」

對啊！石祐林怎麼從來都沒想到過，自己找廠商配藥酒呢？

早在兩千多年前的戰國時代，貴州人就已懂得釀酒，雖然大山裡的物質短缺，但家家戶戶的婆子們多少都會釀些糯米酒，或者獼猴桃之類的果酒。

尤其那些得經常爬山、背重物的漢子一旦到了中年，幾乎都有筋骨風溼的問題，還有，生了孩子卻沒有坐好月子，就下地幹粗活兒的女人，古大夫也經常拿藥酒，緩和她們腰酸腹痛的毛病。

即便如此，村子裡自釀的藥酒對草藥的用量並不大，除非，能找到行銷各地的大通路商，才有可能提高草藥的價值和利潤。

「妳爸爸認識酒廠的人？」在高小琪的耳濡目染下，石祐林對這種另類的行銷，也開始感到好奇。

「當然。」說起自己的爸爸，高小琪不禁得意的抬起下巴，「我這回，就是跟著爸爸參加茅臺酒廠舉辦的招待會，才特地飛到貴州來的。」

「茅……茅臺酒廠？」聞言的石祐林，整個人差點沒有從炕上跳起來。

天哪！那可是聞名全國的國家級酒廠啊！

雖然石祐林沒有出過大山，但偶爾從愛喝酒的周景和工人那裡，也聽過不少茅臺酒廠的響亮名聲，而高小琪和她爸爸，居然有幸被這間國家級的酒廠，邀請前來參加招待會。

不，應該說，高小琪她爸爸到底是什麼級別的領導，才有資格成為被茅臺酒廠招待的對象。而如一介草民的石祐林，居然把這種領導級的掌上明珠，當貨品一樣的買下。

嚇得心裡直打鼓的石祐林，這會兒才意識到自己幹了什麼蠢事。如果，當初真讓高小琪通知她爸爸來找人，那此刻的他，可能已經死無全屍了。

可回頭想想，擁有這麼特殊身分和家庭背景的高小琪，真的願意陪他在這個荒涼又無趣的大山裡，過一輩子嗎？

「你知道茅臺酒廠？」以為不會喝酒又足不出戶的石祐林，應該不清楚這種名酒，高小琪沒想到他的反應居然這麼大。

「呃……有，有聽工人們提起過。」不自覺抹抹頭上冒出來的冷汗，強作鎮定的石祐林低下頭，好隱藏他此刻矛盾又驚惶的心情。

「不過，以我們目前草藥種植的技術和規模，要和茅臺酒廠這種級別的客戶做生意，是不可能的。」一提起生意經，高小琪的腦袋就開始進入全盤的商業模式，以至於，完全忽略了石祐林吃驚的反應。

相較於高小琪滔滔不絕的論述著她的想法，完全不了解外界狀況的石祐林這才明白，為何古大夫和周媽，會這麼排斥高小琪介入石家的生意。

因為，她的野心不僅止於賺多少錢，也根本不是大山裡石祐林這種山夫野叟，所能想像和掌控的。

「那，妳打算怎麼做呢？」因為不懂，所以石祐林想學，也因為高小琪幫他開啟了商界的這一道門，石祐林才不至於成為井底之蛙而不自知。現在，既然高小琪願意教他，石祐林又有什麼理由拒絕呢？

「初期，得先把賣得最好和利潤較高的藥草做分類，不同季節需求的食補藥材也要區隔開，因為這是石家的本業，有了良好的基礎收入，我們才有多餘的心力開發新的業務。」

漸漸靜下心的石祐林，似有所悟的點點頭。

「然後，我們再依照古大夫的藥酒配方，大量種植這些特殊用途的藥草，短期可以先找中小酒廠試產，並由他們推廣、行銷，待打出知名度後，才有籌碼找大一點的酒廠談合作。」

「就算是小酒廠，沒有合作過，不見得敢貿然用我們的配方和藥草，萬一，他們質疑或拒絕生產咋辦？」

有一定醫學基礎的石祐林深知，既是藥酒，就具有一定的醫療效果，當然不是人人都適用。村民也是經古大夫把脈後，才給予他們不同的藥酒喝，更何況是專業製酒的酒廠。

「這你就不用擔心了，我爸有熟識的酒廠，所以藥酒初期的研發、試產，一定會符合國家標準下去製作。主要是營利的分配，我們必須仔細算一下藥草種植，和運送的成本，才好和對方談價錢。」

「妳真聰明，考慮得真周詳。」石祐林對高小琪的靈思巧想，打從心底的佩服。

雖然，石祐林還不太了解高小琪的爸爸，究竟是做什麼樣的貿易，但相信這件事她一定在心裡琢磨很久，並且有把握了才會主動說出口。

「那麼，接下來的事情就要交給你嘍！」翻了身，蓋好被子的高小琪，打了個長長的哈欠。

「我？」

「是啊！古大夫可不是個好說話的人，他的藥酒既然那麼珍貴，想必不會輕易示人，所以，說服他將配方拿出來生產這種艱難的任務，也只有你能做了。」眼角都擠出淚花兒的高小琪，真的好睏。

「妳真覺得我……我能做的到嗎？」不僅是拿到配方這件事，而是將石家草藥推廣至更多更遠的地方，都讓想都沒想過的石祐林，覺得像作夢一樣的不可思議。

「你是石家的頂天柱，只要你想做，就沒有什麼做不到的。」瞇起眼睛的高小琪越說越小聲，直到呼吸平穩，靜靜的睡著。

「謝謝妳！小琪。」石祐林感激的在她額上一吻，低聲說道：「我一定會積極努力學習，不會讓妳失望的。」

第十九章　深入虎穴

高小琪已經整整失蹤了半年，這段期間，懊惱又悔恨的高振寰，從來沒有放棄尋找自己的寶貝女兒。

幾度丟下工作的他帶著陸雄，來到高小琪失事的白水河畔，挨家挨戶的查訪，就想尋得女兒留下的一丁點蛛絲馬跡，可惜天不從人願，至今都沒有消息。

高媽媽雖然對女兒的管教嚴苛，但高小琪畢竟是她唯一的孩子，她為高小琪付出的心力並不亞於高振寰。在得知高小琪失事後，高媽媽哭了很長一段時間，還是無法接受失去女兒的事實。

直到某天，四十八歲的高媽媽突然對高振寰說，她想要再生回一個高小琪時，被高振寰大聲斥責了，因為，他相信自己的女兒吉人天相，絕對還活在這個世界上。

然而就在除夕的那天晚上，推掉所有應酬的高振寰，陪著孤單的妻子吃年夜飯時，一通大陸來的電話，又重新給了這對夫妻希望。

「你……你確定嗎？」喜出望外的高振寰抖顫著聲音，對著手機裡的另一頭問。

「很有可能。」操著內地口音的男人說：「雖然手機沒有接通，但我透過中國電信，查到這是來自貴州的座機號碼，正是小琪失蹤的那個地方。」

「有地址嗎？你傳訊息給我，我現在馬上過去。」激動的高振寰急忙揮手，示意一旁的老婆拿紙筆過來。

「不，您不需要立馬過來，根據這個座機號碼顯示的位置，應該是在貴州的山上，這會兒山區已經下起了大雪，估計您來也上不了山。」

「那，你給我電話號碼，我直接打電話跟小琪聯絡。」平時穩重內斂的高振寰，那隻拉住老婆的手，居然抖個不停。

「……」

「陸雄？」

「報告董事長，貴州是個貧瘠的省分，尤其在山高路遠的大山裡，有很多事，是我們難以想像，也鞭長莫及的。」手機那頭的陸雄正猶豫著，要怎麼讓高振寰這個臺灣老闆理解，高小琪可能遭遇到的困境。

「有什麼話你儘管直說，只要證明小琪還活著就好。」

陸雄這十年來跟著高振寰南北闖蕩，見了不少世面，也懂得判斷事情的輕重，所以，高振寰才會把找高小琪這麼重要的事，交給他來處理。

陸雄在內地出生，自然比高振寰更了解內地人的生活習性，因此，陸雄的欲言又止讓高振寰覺得，事情可能沒有他想像中的那麼容易處理。

「是的，董事長，根據我的推測，如果那通電話真是小琪打的，那她的人身安全肯定沒問題。但小琪是在白水河出的事，為什麼人會出現在深山裡呢？」

「你的意思是……」以高小琪的個性，一旦獲救她就會趕著回家，不可能流連在外，或只打一通未接電話就放棄。

「貴州拐賣人口的事件頻傳，尤其是十幾二十歲的少女，常被人口販子賣到山裡去。」聽到高振寰抽氣的聲音，陸雄緊張的停了下，才又繼續說：「當然，這些都是我個人的揣測，或許，小琪有什麼難以說明的原因……」

「能贖回來嗎？多少錢都沒關係。」握著手機的指節泛白，高振寰全身的血液，都快凍結了。

「有些大山是與世隔絕的地方，那兒的人和我們的想法不同，他們有自己的一套規則。」雖然，陸雄不希望高小琪真遇到這種事，但他也清楚，憑高小琪一個人的腳力，是不可能跑到那麼遠的山區去。因此，陸雄絕不能讓高振寰隻身去冒險。

「立刻聯絡孔書記，把這件事的詳細狀況都告訴他，我明早就飛上海，我們見面再說。」高振寰當機立斷。

「好的，董事長。」

「是不是找到小琪了？她現在人在哪裡？我也一起去接她？」高媽媽緊握住老公的手，一臉的焦急。

按下結束通話鍵的高振寰，面對愛妻一連串發問，竟是連一句開心的話都說不出。此時的他，只能在心中暗自祈禱：「老天爺啊！一定要保佑小琪安然無恙的回來，一定要！」

陸雄的人際關係好，孔書記又是剛下崗的書記官，有他們的得力幫忙，高振寰很快就查到石家確切的位置。

一行人飛到貴州時，大山上的雪已經停了，孔書記聯絡當地的有力人士，詳細調查了石家的底細，並找了兩個熟悉山路的壯漢，帶著防身的工具和緊急通訊設備，跟著他們一起上山。

春日的午後，暖暖的陽光驅散了連月來的冰冷，也讓乾泥地上的雪融了一大半。

神情愉悅的村長，帶著遠道而來的陌生客人來到石家，指名了要找石絜，說是要談筆大生意。但石絜的病還沒有好，不宜接見外人，所以，周媽只好通知當家的石祐林出來見客。

年節剛過，再加上這麼大冷的天，如果不是非常緊急的事，藥商怎麼可能走上四、五個小時的山路，只為了談生意？

石祐林小心翼翼的觀察這群陌生人，順便讓周媽守著房裡睡午覺的高小琪，教她千萬別跑出來。

「石先生，是這樣的，我們董事長聽說你們種植的中草藥品質優良，口碑也很好，因此特別親自拜訪，想參觀一下你們的草藥種植基地，不知道能不能行個方便？」

開口說話的，是位穿著筆挺西裝的青年人，雖然，他的鼻子跟耳朵都被凍得發紅，額上也冒著冷汗，頭髮還因為拿下帽子的關係有些許凌亂，但談吐斯文又有禮貌，一看就是個有文化水平的男人。

石家剛開始種植草藥時，確實吸引了不少藥商前來參觀，那些人也是穿得一身人模人樣，嘴上的好話說得口沫橫飛，但只要一談到價錢，便是殺到見骨的商人嘴臉。那時的石祐林年紀雖小，眼力卻不差，誰是來探行情，還是真的想來談生意，一瞧就透。

只是，眼前這幾個人的舉止談吐，和那些藥商的落差實在太大，不得不讓石祐林提高警覺。

「就算要參觀，也應該先打個電話，或打聲招呼再來，不是嗎？」石祐林知道青年人不是正主，便試讓他背後的那位「董事長」，親自來說。

「唉唷，我說祐林啊！人家高董就是聽說咱們村子裡的草藥品種特優，才千里迢迢的冒著風雪趕來做生意，你千萬別不識趣啊！」

原來，村長早就向同行的漢子打聽，說高氏企業是國內有名的大集團，正準備在貴州開發中草藥基地，讓村長樂得暈暈乎乎。這大過年的就有財神爺降臨，村長當然得趕緊搭上這趟發財列車，賺錢唄！

「姓高？」機警的石祐林揚起聲，目光不斷在陌生的幾個人中搜羅，這才發現……

「高……高先生。」即使這個稱呼很彆扭，但石祐林還是開口叫了他。

「對，我姓高。」高振寰從陸雄、孔書記，和兩個壯漢的身後走了出來，親切的對著石祐林伸手說：「實在冒昧，但因為時間緊迫，所以沒有通知一聲就來了，希望石先生不要見怪！」

「不，不不，不會。」即使五官非常相像，但高振寰內斂的眼神和沉穩的氣魄，還是讓石祐林緊張的結巴了起來。

連忙將手在衣褲上拍了拍的他，趕緊伸手迎了上去，「高先生，那我先……先帶您到後院看看吧！」

高振寰點點頭，朝後向陸雄示意他跟著自己，而孔書記和兩個壯漢繼續待在大廳戒備，好絆住村長和其他不相關的人。

石祐林領著高振寰和陸雄兩個人來到後院，卻不知道該說些什麼，他看得出來，高振寰極有可能就是高小琪的父親。即使，石祐林心底清楚，他總有一天要面對高小琪的家人，可沒想到，居然是高小琪的爸爸親自找上門來了。

高家人肯定是來跟他興師問罪的，石祐林怎麼辦？他該怎麼辦？

「石先生，這個基地是你一手建立的嗎？」雖然不了解年紀輕輕的石祐林，為什麼走的既猶豫又遲緩，可高振寰從整個基地的環境看得出來，他很用心的經營這片中草藥園。

「不，不全是。之前一直是我母親在處理的，現在她病了，年前才由我來接手。」

一想起之前高小琪說的身世背景，就讓石祐林緊張的兩手掌心直冒汗，但他還是努力的穩住精神，免得留給高振寰不好的印象。

「能在這麼偏僻的大山裡，經營出如此搶手，品質又好的中草藥材，足見石夫人的用心。」賣了一會兒關子，高振寰進入主題，「恕我冒昧問一句，石先生年輕有為，不知道結婚了沒有？」

聽了高振寰和他身邊人的遣詞用字，石祐林才深深感覺到，高小琪所謂的「文化」是什麼。高振寰名為參訪，卻把大多數隨身人員給留在大廳，而不是陪同他一起到後院參觀，就猜得出此行真正的目的。

可即使知道女兒就在石家，身為父親的高振寰，還是這麼溫和有禮的拉近與石祐林的距離，而不是像山裡的那些莽漢村夫，動不動就頤指氣使的破口大罵，甚至棍棒相向。

「我……其實我……」

經高振寰這麼一問，支吾其詞的石祐林想了又想，說不準該怎麼回答。可是細想後決定，與其扯出一堆有的、沒的理由搪塞，倒不如爽快的承認，直接宣示主權。

於是，壯著膽子的石祐林朗聲回道：「我結婚了，媳婦兒名字叫高小琪。」

站在高振寰身後的陸雄聞言，第一個就先皺了眉頭。

即便他打聽到的石祐林，是個又痴又笨的傻小子，所以石家才會冒險向人口販子，買了高小琪當生孩子的工具。

但沒想到，這個石家少爺，遠比陸雄想像的還要精明和坦誠。

石祐林不驚不懼的直視高振寰，無論現在的高振寰會如何責罵、怪罪，他都會坦然接受。

可沒想到的是，高振寰僅僅是神色一閃，石祐林甚至還沒有讀懂他在想什麼的時候，高振寰就已經開口了。

「真是巧，我唯一的女兒，也叫高小琪。」

面色凝重的高振寰向前一步，神情認真的對著石祐林說道：「不幸的是，她半年前到黃果樹瀑布旅遊時，遭遇車禍失蹤了，至今仍然下落不明。我的妻子，也就是小琪的媽媽，每天以淚洗面，甚至到處求神拜佛，就是希望有一天，小琪能回到我們的身邊……」

哽咽，強作鎮定的高振寰，勉力的深吸了口氣，將這半年來的傷心和悲痛，再次給吞了進去。

「小琪雖然是我的掌上明珠，可她一出生，就被我當成接班人一樣的栽培、教育，長大後，還得跟著我出國四處奔波。她吃過很多苦，可從來不喊累，她說以後要當一個有能力的企業經理人，讓努力工作的員工，都能實現他們的夢想。」

「石先生，小琪是我這一生的驕傲，我不能……失去這個女兒。」強忍激動的高振寰兩眼泛光，他伸出抖顫的雙手，緊緊握住石祐林，「我能請你，讓我見見她嗎？」

為什麼？為什麼高小琪會有一個充滿智慧，又如此心疼妻女的好父親？甚至為了她，不惜冒險親自到大山裡來找女兒。

如果，高小琪的爸爸有能力找到這麼遍遠的地方，那就證明他也有能力，可以隨時把高小琪給帶走。再說了，以高氏企業董事長的身分和地位，他不但不需要徵求石祐林的同意，還可以把石祐林，當成人口販子的共犯抓起來，可是，高振寰卻沒有這麼做。

同樣是父親，可石祐林的爸爸，寧願拋棄他唯一的兒子，也要追求自己的理想，但高小琪的爸爸，卻是用心良苦的說服石祐林，幾近哀求的讓他見女兒一面。

有高振寰這樣的爸爸，令從小就失去父親的石祐林好羨慕，高小琪她——真的好幸福！

「好。」除了這個字，內心百感交集的石祐林，不知道自己還能說些什麼。

高振寰沒料到石祐林會這麼爽快的答應，欣喜若狂的他，激動的握住石祐林的手，歡喜問道：「小琪她，現在在哪裡？」

「在房裡。」心虛的石祐林低下頭，「我帶你們過去。」

但就在石祐林領著高振寰，準備向房裡走去時，機警的陸雄，不忘對石祐林提個醒，「石先生，我想先說明一下，我們此行的目的，是打算『安全』的帶走小姐，所以，並不想『驚擾』村長和這裡的其他村民，也希望石先生能配合，不要讓其他的人發現，我們是小姐的家人。」

一聽到陸雄話裡的加重語氣，早已心亂如麻的石祐林，不禁又開始掙扎了起來。

他們是要來帶走高小琪的，而且，是有計畫的要將高小琪帶離開這裡，石祐林無法阻止，也阻止不了。可是高小琪是他的媳婦兒，石祐林真的要眼睜睜，看著自個兒的媳婦兒被帶走嗎？

「石先生？」陸雄見石祐林臉色白一陣、青一陣的不回答，開始擔心他會反悔。

「我知道。」努力平復心情的石祐林看向陸雄，這個男人不僅長得好看，思慮周全，腦筋轉得也快，難怪，高小琪的爸爸能完全不避嫌的讓他跟著。

「書房是我媽平時會客的地方，工人和婆子都不會擅自進來，村長他們在大廳，也看不到書房裡的狀況，我會讓小琪到那裡見你們。」

原來，這個石祐林還是個聰明人，一點就透，陸雄也不客氣的回看他。

「好好，只要能保證小琪的安全，在哪裡見都無所謂。」歡喜極了的高振寰，一顆心只想著，要怎麼樣可以快點見到寶貝女兒，壓根兒就忽略了這兩個男人，私底下的打量。

見陸雄沒有再繼續發話的石祐林，邊走邊當著工人們的面，興高采烈的和高振寰聊起生意上的事，並把他帶進書房，然後，趁著周媽去泡茶招待客人時，讓周于悄悄的通知高小琪過來。

陸雄雖然也想儘快見到高小琪，卻很識趣的回到大廳裡等待。因為，他還得幫著高振寰注意村長的一舉一動，避免在帶走高小琪之前，引起村長不必要的揣測和懷疑。

第二十章　少女情懷

長年深居在大山裡的村長，難得可以近距離和孔書記這種級別的大人物說上話，心裡樂得直開花，所以，盡是把石家的草藥講得有如仙丹妙藥一般，就怕孔書記這一行人不買單。

對於村長這種一心想攀高枝兒的人，孔書記自然是看多了，但在事成之前，他還是得有一句、沒一句的搭腔，畢竟，在人家的地盤上，他們還是得小心為上。

隨行的兩個壯漢在院子裡抽煙，順便監看石家附近的動靜，幾個路過的村民，雖然對這些陌生臉孔投以好奇的眼光，但一聽說是村長帶來的客人後，就摸摸鼻子走了。

壯漢們當然知道此行的重任，也明白可能冒的風險，要是讓村民們瞧出他們想帶走的，是被迫賣來這裡的女孩兒，別說棍棒齊飛的場面少不了，濺血死人都有可能。

不過，綁人孩子本身就是犯法的行為，高董沒有直接報警處理，找公安來抓人，對這些人而言已經是客氣了。

石祐林在忙，身為管家的周媽也沒有閒著，一聽到客人被石祐林領進了書房，不疑有他的周媽趕緊煮了些養生茶，端到大廳，給這些遠道而來的貴客暖暖身體。

以前石絜當家的時候，隨侍一旁的周媽，多少也跟著見了點世面，只是藥商們多是大剌剌的性格，幾個男人湊在一起抽煙、聊天，嗓門兒就大得震天響，不像這幾個，即使面對村長嘮叨不停的聒噪，依然保有紳士般的禮貌和斯文。

「山裡沒啥好招待的，各位先喝杯茶，暖暖胃。」周媽見眾人裡就孔書記最年長，便將茶優先端給他，而後依次給了陸雄。

趕了一早上的路，陸雄的確渴了，拿起茶的他，禮貌性的對著周媽微微一笑，並說了聲「謝謝！」可沒想到，竟讓意外和陸雄對上眼的周媽，臊紅了臉。

「不……不客氣。」打從來到大山，就沒有再說過這三個字的周媽，忙將頭轉開。

分送完養生茶，心口兒還在怦怦直跳的周媽才剛回到廚房，就遇到移栽回來的周景，一身泥巴的他正舀著水在洗手，卻看到周媽沒由來的臉紅，便疑心問道：「妳這是咋了？臉紅的像猴子的臭屁股。」

「不……不就是天冷嗎？每年都是這麼凍的。」周媽的皮膚天生細又白，冬天極容易凍傷，可周景是個粗漢子，根本就分不出臉紅跟凍傷有什麼區別，於是，便讓周媽這麼的忽悠過去。

「大廳來了幾位貴客，你和周于都別去瞎湊合，一會兒我讓人準備好晚飯和房間，估計他們今晚全都要住這兒了。」冬天的太陽落得早，村長為了套交情，肯定會留人下來，周媽得提前準備。以往因為石絜是個女人，不方便留男客在石家，所以都是由著村長去招呼，這會兒少爺當家了，應該要把客人留在自個兒家裡才對。

「曉得啦！不就嫌棄咱父子倆見不得光嗎？妳倒好，樂的幫那個臭小子在別人跟前充臉面。」

心不甘、情不願的周景，不屑的朝周媽啐了一口，並故意將兩手用力一甩，把那溼答答的泥水都甩到周媽的衣服上。

「你……你這都幹了啥了啊！」周媽能穿得上檯面的衣服本來就不多，晚上還得招呼客人，現在被周景這麼一弄髒，真是氣的想罵人的心都有了。

「啐！讓妳個婆娘去幫著充石家的臉面。」揚起惡笑的周景又朝地上吐了口沫，這才悻悻的離開。

又急又慌的周媽無法，只得回房間再找件像樣的衣服換上，不巧，卻在走廊上被陸雄和孔書記給撞見了。

「不好意思！我們走了半天的山路都沒有廁所，所以想跟您借個洗手間，不知道方不方便？」開口的是陸雄，孔書記是高振寰請來幫忙的，他理當要幫著打點這些小事。

只是大山裡的男人，誰不是找個牆角或石頭、樹下，隨時隨地的解手，還犯得著憋到家裡來？

聞言的周媽楞了下，這才想到他們是大城市裡來的，自然不像那些粗漢子沒水平。

「方……方便。」可一聽到陸雄的聲音，周媽的心又開始慌了。

頭都不敢抬的她，領著兩個人來到廁所前，見陸雄不但對她行禮，還說了聲「謝謝」，嚇得周媽頭也不敢回的跑開。

「這山裡的女人，不像你講的那麼庸俗啊！我覺得，還蠻可愛。」年逾半百的孔書記，雖然不是什麼政治風雲人物，但政商名流也見過不少。

城裡的女人多得是嘴上說著一套，心裡想著又是另一套，鮮少像周媽這樣，一見陌生人還露出純真如少女的情懷，讓孔書記忍不住對陸雄曖昧一笑。

「是，書記過的橋，自然是比我這個晚輩走的路要多得多，下次我絕不敢在書記面前說大話了。」陸雄就有這個好處，辦正經事不忘打趣兒，還會討孔書記開心。

「哈哈哈！難怪高董欣賞你。小子，有前途。」果然，聽膩了村長奉承的孔書記大笑。

低頭淺笑的陸雄，替孔書記開了廁所的門，等他進去後關上，然後，自個兒守在外面等著。

望著已經沒了人影的走廊，陸雄這才想起高小琪自小到大，都是聰敏、慧黠又美麗的，從來沒有像周媽那樣，遇到個陌生人就靦腆又害臊。更何況，陸雄也看得出，周媽早就不是少女了。

「可愛嗎？」哼笑兩聲的陸雄，收回自己無聊的目光，轉而看向轉角的那間書房，喃唸道：「世上還有哪個女人，比得上高家的小姐可愛呢？可惜，她終究也成為別的男人的了……」

本來窩在房裡睡午覺的高小琪，突然被周于一陣急促的敲門聲給吵醒。

石祐林擔心周于這個急性子沉不住氣，沒敢跟他提，高振寰就是高小琪的爸爸，只說有客人來談生意，要高小琪出來見客。所以，被強挖起床的高小琪，還以為是石祐林一個人搞不定，才找她去的呢。

稍做服裝儀容整理後的高小琪，一想到石祐林居然願意讓她參與石家的生意，心底就樂得像什麼似的。不過，為了避免引起周媽的反彈，高小琪還是在周于的遮遮掩掩下，才悄悄溜進了書房。

可才一打開門，高小琪就被眼前坐著的那個人，給驚呆了。

為了避免讓其他人看到、或者聽到高小琪和她爸爸的對話，走出書房的石祐林，趕緊將房門關了起來，並示意周于到大廳守著，有任何人來都要儘快通知他。

一臉莫名的周于撓了撓頭，自從少爺傷好了之後，行事作風反而越來越讓他摸不著頭腦。可即使搞不清楚少爺想做什麼，周宇還是很聽話的跑到客廳裡守著。

「爸……爸爸？」一進門就瞪大眼睛的高小琪，幾乎懷疑自己看到幻象了。

「小琪。」情緒激動的高振寰站了起來，伸手抱住他以為已經失去的女兒。

「爸。」寬廣的胸膛，溫暖的懷抱，高小琪確定這不是幻象，也不是作夢，這個人真的是她的爸爸，「真的是您，您居然找到這裡來了。」

「妳這個傻孩子，怎麼可以怕爸爸危險，就選擇自己一個人受苦？就算有天大的困難，爸爸都一定能想辦法幫妳解決，難道，連妳也不相信自己的爸爸了嗎？」

剛剛石祐林，已經把大山裡買媳婦兒的規矩，向高振寰說明了一遍，果然和陸雄猜想的一模一樣。所以，能再次找回女兒的高振寰，感到既高興又心疼。

「爸，我沒有受什麼苦，祐林對我很好，他們都是心地非常善良的人。」為了避免給高振寰留下不好的印象，高小琪極力的為石祐林辯解，「其實，祐林有試著帶我逃跑過，還因為這樣被村民們打破頭，昏迷了大半個月。」

高振寰不可思議的盯著女兒看了好幾眼，為她替一個買賣人口的犯罪人士辯解，深深的感到不以為然。

但再細想，高小琪雖然年紀輕輕，但已不是初入社會的小女孩，自然不會輕易被他人矇騙。因此，在發現高小琪並不是為了石祐林而說謊後，高振寰對石祐林的敵意，確實降低了不少。

「這次要不是陸雄查到這裡的座機號，恐怕，我們父女還不知道要等到何年何月才能相見。」當初，高振寰還認為是陸雄多想了，以高小琪的個性，就算被賣，也應該會想辦法通知家人來救她。但實際來到貴州才發現，內地仍有許多規矩，是他們這些外人想破頭也無法理解的，一如高小琪現在說的這種狀況。

「陸大哥，他也來了嗎？」高小琪知道陸雄的能力好，但僅憑她打的一通未接電話，就能找到這裡，也實在太厲害了。

「嗯，他不放心妳，堅持要陪我來。」原來，陸雄早就猜到要帶高小琪離開，不是一件容易的事，才會假裝成藥商，到石家打探虛實。

但是，這裡的山路難走又極容易迷路，為免在路上或村子裡，發生什麼難以預測的事，陸雄為此還特別找了兩個壯漢保鑣隨行。至於孔書記，陸雄是特別請他來鎮住村長，讓大家好方便行事。

所有的發展均在陸雄的預料之中，現在，只剩怎麼把高小琪帶出山了。

「可是，爸，我答應過祐林，要留在大山陪他一起。」面對千里迢迢，好不容易才找到女兒的高振寰，高小琪實在不應該說這種話來傷他的心，可她也不願意違背對石祐林的承諾啊！

其實，高振寰在來此之前，就對高小琪的處境有了最壞打算，就算女兒已經失身給石祐林，他也一定要把女兒保回去。

「小琪，無論之前發生過什麼，等我們離開這裡後，一切都可以從新開始，妳就當這是人生的一次經歷，不需要在意。」即使高振寰心痛，也不希望女兒因此在心裡留下陰影。

「不是的，爸爸，您誤會了啦！祐林喜歡我，我也喜歡他，我們是真心想要在一起的。」見高振寰的臉色越來越難看，高小琪馬上就猜到了他話裡的意思。

又羞又惱的高小琪，拉著高振寰的手說：「爸知道我不是隨便的人，祐林也很尊重我，可是爸，我想留在這裡幫祐林。」

「妳……」擰著眉的高振寰，簡直難以置信，既然兩個人什麼關係都沒有，那女兒為什麼還要選擇留在這種荒山野地？

「爸，祐林從小就待在山裡，幾乎與世隔絕，很多事情都需要有人引導，但是他很用心，也很願意學習，請爸再給我半年時間，我一定會讓他成為您的得力廠商。」高小琪明白，爸爸一時之間肯定難以理解她的想法，與其說的再冠冕堂皇，還不如直接用事實來證明。

「廠商？」女兒在打什麼鬼主意，高振寰這下子摸不準了。

高小琪見爸爸沒有那麼抗拒後，就把之前和石祐林商量做藥酒的想法，仔仔細細的對高振寰都提了一遍。

大陸的藥酒雖然盛行，但因為使用的藥材不同，導致品質參差不一，然而，貴州的藥草聞名全中國，再加上古大夫的配方，只要稍作宣傳，由石家草藥釀製出來的藥酒，肯定能揚名市場。

即便高小琪的構想很好，但高振寰對石祐林仍不夠了解，也不夠放心，「就算要合作，當廠商、當朋友都可以，妳又何必一定要留在這裡……」

「爸。」高小琪知道高振寰想說什麼，「祐林雖然沒有受過正規的教育，但他好學又聰明，只要好好加以栽培，以後，肯定會成為一個出色的企業家。」

見高振寰依舊沉思不語，高小琪不放棄的繼續遊說：「您如果不相信女兒的眼光，那就留下來住幾晚，時間可以證明，我說的到底是不是真的。」

「那不行，妳明天一早就得跟我們走，萬一讓村長摸清了我們的意圖，大家都會有危險。」剛才陸雄再三交代，最晚隔天就要把高小琪帶走，否則，一旦讓村民發現他們是高小琪的家屬冒充的，恐怕會生意外。

「爸……」明天，實在太趕了，如果高小琪真的跟高振寰走了，那石祐林怎麼辦？

「爸爸相信石先生是個好人，但絕對不能把妳一個人留在這種地方，妳現在年輕，還有學業沒有完成，難道，妳這十幾年來的辛苦，都要因為他一個人而放棄嗎？」高振寰實在不敢相信，不過短短半年，石祐林就完全把他那個心高氣傲的女兒，給同化了。

「不！爸爸，我並沒有忘記自己的理想與抱負，只是，以前的我總認為，一定要受完整教育才能培育出人才，但接觸到祐林以後才發現，並不是每個人都有機會受到公平的待遇。」

高小琪耐心向爸爸解釋道：「祐林因為他父親的離開，才決定留在山裡照顧自己的母親，他是為了盡孝而犧牲自己的受教權，所以，我們更應該幫助他，不是嗎？」

「真是這樣？」

高振寰想起，陸雄多次懊悔自己為學業離家，才導致無法見父親最後一面，那是陸雄一輩子都無法挽回的遺憾。雖然，高振寰的父母至今仍健在，但因為工作忙，他始終對無法經常探望父母親一事，而感到耿耿於懷。

「嗯。尤其，現在祐林的母親病了，如果我在這個時候離開他，不等於遺棄他了嗎？」高小琪太了解自己的爸爸了，她知道怎麼打動高振寰的心。

「可是這裡山高路遠，並不是妳想走，就走得了的。如果這次不能順利帶妳離開，萬一將來發生什麼事，爸爸很難馬上趕到。」看來，意志堅定的高小琪，是非留下來不可了，高振寰得再為她選一條後路。

「爸，我已經不是小孩子了，明白事情的輕重，會全盤考慮後才行動的，您真的不用擔心。」淺笑的高小琪再次伸手抱住高振寰，輕聲說道：「雖然，這裡什麼物質條件都沒有，但有祐林在，我就覺得很幸福，真的很幸福。」

第二十一章　誰的心思

因為高振寰的突然到訪，讓廚房裡的周媽，忙的不可開交。

石家的飲食向來都是由周媽負責，所以，身為主廚的她，一會兒吩咐周景殺雞宰鴿，一會兒又讓周于到堆草藥的木房裡，去找幾味補冬的藥草燉湯，直忙到天色擦黑，才把色、香、味俱全的一桌飯菜給弄好。

石祐林雖然一眼就看出高振寰和高小琪的關係，但同樣在場的村長，因為陸雄有意無意的阻攔，並沒有機會近距離的接觸到高振寰。再加上，村長眼裡就只有孔書記這個貴人，也就無心注意到，高振寰與高小琪長得是否相像的事。

而與高小琪天天在一起的周媽，一見到陸雄心口兒就怦怦直跳，只好一直低著頭招呼大家，就更聯想不到遠來的高振寰，會和高小琪有什麼關連了。

村長為免錯失和孔書記建立良好的酒友關係，慷慨的把家裡私釀的幾罈老酒，都給搬了過來。可惜滿滿的一桌酒菜，吃的人卻各懷心事，只有村長和孔書記兩個人相互乾杯，喝的熱火朝天。

「這是十全大補雞湯，裡頭有人參、白朮、茯苓、甘草和當歸等十幾味藥材，都是自家種的，冬天喝了能補氣血，調陰陽，還可強化心臟與肝臟機能，尤其山裡的溼氣重，大家不防多喝點兒，排溼暖身。」

不曾招待過客人的石祐林，見大伙兒都擰著臉不說話，也不知道該怎麼炒熱氣氛，只好趁周媽幫大家盛湯時，順便說明一下中草藥的功用。

「原來是十全大補湯啊！難怪這麼香，冬天喝這補湯肯定不怕冷。」孔書記被村長灌得有些醉意，便吆喝眾人一起捧場。

石祐林雖然不喝酒，但也不是不懂得待客之道，於是，他主動替身邊的高振寰，倒了杯古大夫釀的藥酒，「高董，這也是用自家藥材釀的酒，不但可以消除疲勞，還可以增強氣力，您喝喝看。」

高振寰有意無意的「嗯」了一聲，過了許久，卻一直沒有舉杯的動作，讓主動示好的石祐林有些小尷尬。坐在石祐林身邊的高小琪看不下去，朝著對面的陸雄猛眨眼，讓他想辦法給石祐林臺階下。

高小琪也算是陸雄打小看到大的孩子，只要她一眨眼、一噘嘴，陸雄就猜得出她腦袋裡想的是什麼鬼主意。

雖然，高振寰接受了石祐林的好意，留在石家過夜，但並不表示接受這個販賣人口的共犯當他的女婿。而令陸雄不解的是，高小琪出乎意料之外的袒護石祐林。

在沒有真正了解高小琪的意圖之前，陸雄只好勉為其難的開口勸道：「董事長，您走了一天的山路，想必也累了，不妨喝點小酒，晚上好睡些。」

陸雄將杯子移近高振寰，並將目光看向對面的高小琪，高振寰只見女兒嘟著嘴，氣呼呼的怒瞪著他，不禁訝然。

唉……果然女大就不中留了，胳膊儘往外彎。

嘆了口氣的高振寰拿起杯子，向一旁的石祐林說：「謝謝石先生的好意，那我就不客氣了。」

高小琪見爸爸的姿態放軟，馬上湊近石祐林的耳邊咬了幾句，可石祐林似乎面有難色的直搖頭，兩個人眉來眼去的，看得高振寰和陸雄這兩個男人的心裡，很不是滋味兒。這個以往只會在他們跟前耍小性子的大小姐，居然轉眼就投入另一個男人的懷抱，叫他們怎麼能不感嘆。

但就在幾分鐘後，石祐林妥協了，喝了一口酒壯膽的他，紅著臉，小小聲的說：「以後咱們都是一家人了，您就別生分，直接叫……叫我祐林吧！」

暗暗在心裡苦笑的陸雄，看著高振寰一臉的鐵青，就知道高小琪做過了頭。雖然，陸雄不清楚高小琪到底和高振寰談了什麼，但想必是要強迫高振寰接受石祐林這個女婿，看來，高小琪是真心想跟石祐林在一起了。

「嗯咳，是不是一家人，還得看緣分。」高振寰避開高小琪的怒視，也不理會陸雄的為難，逕自又喝了口酒。

這藥酒真是不錯，不但色澤純淨金黃，口感醇厚綿軟，而且酒香回甘卻不黏膩，還伴有淡淡的藥草香味，久久不散。喝了後，不但胃的空虛感沒有了，甚至連僵硬的四肢都鮮活了起來，確實比市面上的藥酒要好上許多。

一旁的石祐林，當然也聽出高振寰的暗喻，有些挫敗的他低下頭，高小琪在桌下握住他的手，示意石祐林不要輕易放棄，而這一幕，恰巧都看進了陸雄的眼裡。

吃的有些無趣的陸雄，向高振寰點頭致意後，就離開飯桌，到外頭抽個煙、透口氣，剛好就撞見了在院子裡偷窺的周于。這半大不小的孩子，既不像石祐林那樣長得白白嫩嫩，衣著也不那麼乾淨整齊，應該是工人的兒子。

饒富興致的陸雄叫住周于，兩個人直聊到大伙兒吃完飯後，才各自離去。

石家的客房不多，所以古大夫讓出自個兒的房間，回到原來的藥鋪去，石祐林便安排高振寰睡那間，孔書記和陸雄一間，隨行的兩個壯漢，就委屈的住在工人的房間。

晚上天冷，黑漆漆的山上也沒有什麼消遣可做，再加上大伙兒都喝了點酒，梳洗完畢後，便早早回自個兒的房間睡覺。

高振寰本來還想跟女兒再商量商量，期盼她能回心轉意，跟著自己一起回臺灣。誰知道一分配完房間，高小琪就拉著石祐林的手，不管不顧的回他們倆的房間去，讓高振寰這個做父親的一顆心，都要碎了。

想想，都是他縱慣了女兒，從小就訓練高小琪獨立自主，訓練她堅持做自己認為對的事，到頭來，變成老爸的話一句也聽不進去。

都說「天下父母心」，不是高振寰不相信石祐林，而是大山裡交通、資訊全無的環境，實在讓他太不放心。即便石祐林對高小琪再好，那石家太太呢？村長和住在這裡的村民呢？誰知道哪天，會對他的寶貝女兒怎麼樣？屆時，又有誰能護得了高小琪？

被高小琪拉去房間的石祐林，不斷的向後張望，就怕高振寰一氣之下，會讓陸雄把高小琪給綁了回去。

「甭再瞎操心了，我爸為了確保我的人身安全，今晚肯定不會鬧出什麼動靜的。」高小琪見石祐林坐立不安，硬是將他拉到了炕上。

「可是，你爸不僅親自來，還帶了書記和保鑣……」一個陸雄就給石祐林超大的壓迫感，更何況，是他見都沒見過的書記。

「我爸帶書記和保鑣，是為了防止發生不可預料的事，你忘了自己之前是怎麼被打的？」

那倒是，回想那次石祐林沒頭沒腦的，就要帶著高小琪離開大山，差點兒沒把命都給搭上，高振寰果然是有備而來。

「妳爸爸，真會同意妳留在這兒嗎？」即使高小琪看似很有信心，但石祐林畢竟沒有接觸過外人，不了解城裡人的心思，更不了解臺灣人心思。

「無論我爸同不同意我留在這裡，都不會影響我的決定。」高小琪果斷回道：「祐林，我要幫你把石家的草藥發揚光大，否則，我決不離開。」

隔天一早，周媽依然準備了豐富的早餐，舉凡紅油素粉、豆沙窩餅、蔥香雞蛋餅和土豆餅，再搭配各種酸辣不一的調味料，讓一大早空著肚子來找孔書記的村長，看的口水直流。

思忖了一晚上，高振寰也明白要強行帶走高小琪，已經是不可能的事了，既然是她自己的選擇，高振寰這個做爸爸的，也只能尊重女兒的決定。於是，高振寰和石祐林再次進入書房，慎重的把女兒交給他，並表明了父女倆的通訊，必須是暢通無阻，好證明高小琪的人身安全。

一整晚都在痛苦、煩惱中度過的石祐林沒想到，事情居然真如高小琪所說，高振寰會准許她繼續住在石家。感動得熱淚盈眶的石祐林，再三向高振寰保證，一定會好好照顧高小琪，不讓她受任何委屈。

「雖然小琪答應留在這裡幫你，可是她還有學業沒有完成，我希望，待藥酒的開發告一個段落後，你能讓小琪回臺灣。畢竟，我還是不合適經常出現在這裡，免得造成你們的困擾。」高振寰接受高小琪的建議，願意收購石家的草藥開發藥酒，但他還是不能接受石祐林當他的女婿。

既然，高小琪一再保證兩個人是清白的，那早點讓高小琪回臺灣，也許日子一久，遠距離的隔閡，會讓女兒忘了山裡的這個單純青年。

至少，刻意忽略掉高小琪決心的高振寰，是這麼打算的。

只是，能讓高小琪繼續留在石祐林的身邊，就已經是他最大的幸福了，所以，無論高振寰提出什麼苛刻的條件，石祐林都會毫不猶豫的點頭答應。

「沒有問題！小琪也說了，臺灣是個文明、進步的好地方，以後，她還要帶我去參觀她的學校、圖書館，還有，拜見岳……嗯，伯父、伯母。」被震驚的高振寰一冷眼，石祐林忙將「岳父、岳母」這個稱謂給吞了回去。

原來，高小琪還想把石祐林帶去臺灣！

感覺被將了一軍的高振寰臉色鐵青，不發一語的他轉身打開房門，走到外頭，才看到高小琪和陸雄聊得正開心，一點兒也不像是被賣來的樣子，心裡的火氣不覺就升了上來。

這半年多來，高振寰沒有一個晚上睡過好覺，就連妻子哭著說要把女兒再生回來時，他都難以承認，自己真的失去這個女兒了。可現在，他最心疼、最寶貝的唯一女兒，居然要為了另一個男人，拋棄他這個親生父親。

「小琪，爸爸再問妳一次，妳真的確定要留在這裡嗎？」啞著聲音的高振寰問道。

收起笑的高小琪，看了眼高振寰身後的石祐林，神情堅定的回道：「嗯。」

真的是女大不中留啊！

雖然高振寰不願意承認，這就是天下所有爸爸嫁女兒的心情。

「好吧！記得想回家時，隨時打電話給爸爸，我會讓陸雄來接妳。」高振寰很清楚女兒的脾氣，把話說絕了，搞不好她就真留在山裡不回臺灣了。

勾起脣角的高小琪開心一笑，伸手抱住高振寰，撒嬌說道：「我就知道爸爸最了解我了，您放心，我絕不會讓爸爸失望的。」

即使不捨得，但再不走，恐怕天黑都進不了城。

依然心傷的高振寰，拍拍高小琪的肩膀，連話都沒有再多說，立馬提腳走人，而陸雄和孔書記，則各自向石祐林點頭致意後，才跟著離開。

「妳爸爸，是不是嫌棄我？」緊緊握住高小琪的手，目送高振寰一行人離開的石祐林，深深覺得自己表現的，很不如這個岳父大人的意。

不過幸好，高小琪留下來了。

「我爸人就是這樣，混熟了就好。」高小琪對著石祐林安慰一笑，接著說：「不過，從今天起，你可要更加努力，我爸對廠商的要求可是很嚴格的哦！」

「那當然，我也一定不會讓妳爸爸失望的。」石祐林握拳。

一個星期後，石祐林收到陸雄託人送來的一大箱包裹，裡頭有兩臺平板電腦和兩隻手機。一臺平板電腦裝了許多教學軟體，是有關商業、中醫和藥草學方面的；另一臺則拍了這半年來，高小琪大學同學做的筆記，還有教授上課的錄音檔。

從來沒有見過3C產品的石祐林、周于和周媽都驚呆了，沒想到薄薄的一片玻璃板，也能看影像和播放聲音。可令高小琪不懂的是，山上根本沒有基地臺，光有手機沒有訊號，一點用都沒有啊！

三個月後，陸雄打了電話讓高小琪試手機。

原來，高振寰透過孔書記向當地市政府建議，擴展通往大山的道路，以及廣設基地臺。一方面，可以縮短城鄉差距，另一方面，也可以深入大山，澈底解決居民交通和子女受教育等問題。

原本就積極推廣脫貧計畫的市政府，在得知高氏企業即將與石家有商業往來後，不僅立馬安排電信人員上山建立基地臺，還成立了一支快捷小隊，專門運送石家生產的草藥下山。

古大夫在看到高小琪的爸爸，給大山帶來的便利之後，二話不說，直接把各種藥酒的配方都給了石祐林，並交代他要好好的健壯基地，開發出更多有益人體的草藥來。

激動、欣喜，石祐林由衷的感謝，高小琪和她爸爸的幫忙，讓隱沒在大山裡的石家草藥，能造福所有需要的人。

沒想到，一個臺灣姑娘的奇思妙想，竟然在這個貧困的小村落實現了，還帶來這麼多的改變與進步，真是大大的出乎眾人意料之外。

一年後，石祐林不但培育出更多野生草藥的種植方法，甚至將自己的成功經驗，複製給大山裡的村民，讓他們能一起參與，共同生產種植。

不僅如此，古大夫還研發出多種的中藥酒、中藥丸、中藥貼布和中藥湯劑，因為功效神奇，獲得許多中醫師的推廣，使得全國各地的藥商，都紛紛上山搶購配方。

而石絜在古大夫的細心治療下，終於擺脫過往的沉痛與束縛，重新找回那個充滿自信的自我。所以，當她看到自己的兒子，成為獨當一面的男人時，不禁欣慰的淚流滿面。

她石絜的兒子果然是最好的，也是最能幹的。

看著石祐林和高小琪兩個人，攜手開創出石家前所未有的局面，石絜才真正的體認到，什麼是「青出於藍，而勝於藍」，只懂得墨守成規的她，終究不再合適這個進步飛快的時代了。

於是，石絜和古大夫商量後，便決定搬到他的小藥鋪幫忙，然後把石家的事業，全部都交給兒子和媳婦兒去處理。

石祐林雖然捨不得病癒的母親離家，但幾番考量之下，古大夫那邊的確需要人手，再加上媽媽辛苦多年，是該讓她過過自己想要的清靜生活。而且，現在的石家經常有訪客出入，石祐林又因為生意上的事無暇照顧媽媽，只好點頭同意了石絜的想法。

可是，當所有的事情都井然有序的，按照石祐林的想法和規劃執行時，他最倚賴和信任的高小琪，卻突然提出回臺灣復學的要求。

第二十二章　星星的約定

自從有了手機和平板後，高小琪不但要花時間，教石祐林和周于使用和上網學習，也得利用晚上的空檔，自習她這兩年來落後的課業。離開臺灣的這段日子，高小琪的同學有的出國深造，有的已經在知名企業裡實習，唯有她還在原地踏步。

雖然，高小琪每每說起學校和同學的事，神情都顯得極度落寞，可石祐林始終認為高小琪已經夠好了，根本不需要再回學校學習。所以，當高小琪提出要回臺灣復學時，完全沒有準備的石祐林，著實嚇了一大跳。

「為什麼？小琪，我……我還很需要妳。」

「這是我當初請求爸爸同意我留下來的條件。」依偎在石祐林懷裡的高小琪，貼著他的胸口緩緩說道：「中草藥只是我們的一小步，但是，面對未來的成長和各種競爭，以我目前所學習到的東西，還是遠遠不夠用的。」

這一年多來，石祐林透過網路，多少也了解高氏企業的願景，還有國際更多大企業的展望，以石家現有的規模，確實不如他們的千萬分之一。

「妳一顆小小腦袋，為什麼會有那麼大的志向？」石祐林不捨的吻著高小琪的額髮，他明白，高小琪肯定計畫這件事很久了，所以，才一直積極的培養周于，成為他的左右手。

「可以嗎？祐林。」抬起頭，高小琪想知道，石祐林到底支不支持她的決定。

「既然妳答應了爸爸，我又怎麼能害妳食言？」即便現在有手機，網路通訊也十分方便，但石祐林也明白，遠距離對他們的感情而言，仍是非常危險的。尤其，石家現在的狀況根本不允許石祐林離開，就算他想陪高小琪回臺灣，至少也要再等幾年以後。

「可是，外面的誘惑很多，你不怕我一去不復返嗎？」高小琪好奇。

這一年來，為了實際了解草藥市場的石祐林，曾帶著周于到城裡去過幾次，透過村長和高氏企業的引薦，多少也見識到現實世界的複雜。

人心是易變的，不同生活環境的兩個人分隔久了，習慣不同，思想也會產生落差，這一點，從當初高小琪被綁到大山時，石祐林就再清楚不過了。再說，高小琪這一回臺灣，至少要等到畢業才能回得來，石祐林他，捨得嗎？

「怕，可是除了愛，我唯一能給妳的，就只有自由。」戀戀不捨的石祐林，將高小琪抱得更緊了，「無論妳離我多遠，我的心都永遠與妳同在，我會在這裡，等妳回來。」

「嗯。」高小琪含淚，也將石祐林緊緊擁住。

其實，高小琪才是真的捨不得離開石祐林，離開石家的人，可是她明白，如果繼續窩在大山，是無法幫助這裡的人成長的。所以，她必須讓自己變得更強、更好，才能成為石祐林有力的臂膀，繼而實踐兩個人共同的夢想。

三年後，不分寒暑，提早唸完大學和研究所的高小琪，終於再次回到了貴州，周于還特別開車去機場接她。

「都說不用了，這麼遠的一趟路，不是有陸雄陪著我嗎？」眼瞧著已經是個英俊少年郎的周于，興高采烈的從陸雄手上搶過行李，高小琪不禁笑道。

「少爺不就是怕妳累著，才特地吩咐我來接機的嗎？要不是他今天得接待一位外國來的客戶，肯定會親自開車來接妳的。」放好行李，坐上駕駛座的周于，回頭向高小琪一笑，「才多久不見，妳又變漂亮了。」

高小琪當然知道周于在討自己歡心，便樂得笑了開，一旁的陸雄，即便不喜歡這種逢迎拍馬的嘴臉，但相處久了，自然明白周于是出自內心對高小琪的讚美，也就不以為意了。

「就你這張嘴，騙倒多少姑娘了？」高小琪聽石祐林說，周于最近交了個女朋友，難怪嘴巴這麼甜。

「哪有？不過……就一個。」石祐林知道的事，高小琪當然也會知道，況且，周于也沒有打算隱瞞，他樂得昭告天下。

「這次肯定得帶來給我們瞧瞧，是哪位有眼光的好姑娘，居然識得我們周于這塊樸玉。」內地的男人都習慣早婚，周于有了女朋友，最高興的，肯定是周媽了。

「必須的。」反被稱讚一番的周于紅了臉，點頭如搗蒜。

車子一路朝著大山前進，以往陡峭、崎嶇又難行的山路，在當地政府的努力擴建下，已能容許小車通行，石家的中草藥，從此再也不用靠人力、獸力，翻山越嶺的運送。

雖然，高小琪僅僅離開大山三年，但此時石家草藥的盛名，早已透過高氏企業的藥酒傳遍全國，甚至行銷到海外，並大受好評。有了便捷的道路後，許多慕名而來的企業高層，便經常出入這座偏僻的村落，因此，吸引不少城裡的商家前來開店。

以往土牆石砌的破舊房子，隨著當地居民生活水平的提高，已經變得煥然一新。

車子來到一處大院子前停下，曾經熟悉的石家大宅，已經改建為一棟三層樓的氣派建築，院子裡的花草繁盛，還種有幾株罕見又名貴的中草藥，似乎在告訴所有來訪的客人，石家正是名副其實的中草藥世家。

周于領著高小琪和陸雄先上二樓房間，正值暑熱期間，可這個房間通風涼爽，溫度要比外頭低上許多。

「少爺估計等會兒才得空，妳先在這兒休息，我帶陸大哥到另一個房間。」這一路上，周于說了不少關於石祐林的事，包括他現在已能獨當一面，和外國人用英語交談。

雖然，高小琪知道石祐林有過目不忘的本事，但短短兩年時間，他就能自習英語到說、寫自如的程度，實在令高小琪佩服。

一想到這裡，高小琪就不自覺的揚起唇角，站在二樓陽臺上的她突然發覺，緣分真是件奇妙的東西，本以為什麼都不懂的傻小子，轉眼竟成了人人競相拉攏的經商人才。究竟，是高小琪的眼光太好，還是，命運之神對她過於眷顧？

「什麼事讓妳這麼開心？」

一陣柔柔軟軟的嗓音，從房門口傳了過來，高小琪轉身一看，那許久不見，卻變得更為從容、俊逸的身姿，已悄然出現在眼前。

「好不容易從擁擠的大城市，躲到這清悠的大山裡，能不開心嗎？」一頭長髮披肩的高小琪，傾顏笑道。

「我以為是妳未卜先知，猜到了我要給妳的驚喜，才這麼高興。」兩手背在身後的石祐林，一臉曖昧的走向前，看著以前那個老喜歡在他懷裡撒嬌的女孩兒，居然變得如此成熟、美麗。

「什麼驚喜？」即便兩個人經常通話、視訊，然而等到真正見上面，才發現渴望彼此的心意，竟是那麼強烈。

「先閉上眼睛。」深深一笑的石祐林，舉手遮住了她的眼，「再伸出妳的右手。」

一個口令、一個動作的高小琪笑開了，不懂石祐林想幹什麼，待她正想開口問時，只覺得有個硬硬的小盒子，已經放在自己的手掌心。低頭一看的高小琪有些訝然，深受偶像劇薰陶的她，當然立刻就猜到那是什麼東西。

「不打開看看嗎？」見高小琪一動也不動的呆楞住，欣然的石祐林拉起她的右手，一起掀開那銀色的小蓋子。

瞬時，數道璀璨、耀眼的光芒，在高小琪的眼前激射而出。

「記得妳曾說過，就算要結婚，也得有戒指和鮮花，不是嗎？」石祐林拉著抿著唇的高小琪走到窗檯，將花瓶裡早就插好的玫瑰花拿了出來，遞給她，「如果，還需要下跪……」

「傻瓜！」即使忍住即將奪眶而出的眼淚，卻依然哽咽的高小琪，禁不住笑道：「幾百年前的事，你還記得那麼清楚幹嘛？」

「因為見不到妳，只好把妳做過的事，說過的話，全都回想一遍。」一手抹掉那糾心的疼，石祐林牢牢的將高小琪擁進自己的懷裡，低聲喊道：「答應我，這次別走了，否則再這麼想下去，我不傻也要瘋了。」

淚如雨下的高小琪，回擁他，「不走，我以後都不走了，我要把所有的青春都奉獻給你和這座大山，永遠陪著你，一起看星星。」

（全文完）

釀愛情13　PG2704

藥草飄香看星星

作　　者	是風不是你
責任編輯	喬齊安
圖文排版	陳彥妏
封面設計	蔡瑋筠

出版策劃	釀出版
製作發行	秀威資訊科技股份有限公司
	114 台北市內湖區瑞光路76巷65號1樓
	電話：+886-2-2796-3638　傳真：+886-2-2796-1377
	服務信箱：service@showwe.com.tw
	http://www.showwe.com.tw
郵政劃撥	19563868　戶名：秀威資訊科技股份有限公司
展售門市	國家書店【松江門市】
	104 台北市中山區松江路209號1樓
	電話：+886-2-2518-0207　傳真：+886-2-2518-0778
網路訂購	秀威網路書店：https://store.showwe.tw
	國家網路書店：https://www.govbooks.com.tw
法律顧問	毛國樑　律師
總 經 銷	聯合發行股份有限公司
	231新北市新店區寶橋路235巷6弄6號4F
	電話：+886-2-2917-8022　傳真：+886-2-2915-6275

出版日期	2022年3月　BOD一版
定　　價	260元

Printed in Taiwan

讀者回函卡

國家圖書館出版品預行編目

藥草飄香看星星/是風不是你著. -- 一版. -- 臺
北市 : 釀出版, 2022.03
面； 公分. -- (釀愛情 ; 13)
BOD版
ISBN 978-986-445-621-5(平裝)

863.57 111000852